沈西城 著

舊日煙雲

銀匯有限公司

序：道盡平生涕淚

——蔡登山

西城兄要出新書，要我寫幾句話，以我是晚輩又是讀者，實在受寵若驚。他出道極早，我幾十年前就在《大成》雜誌讀他介紹中日電影的文章，其實早在一九七四年八月前他就和黃俊東、區惠本、莫一點在編《波文》月刊了，我最近重新復刻這充滿理想卻短命的六期雜誌，他拿到復刻本也特別寫了〈懷念波文月刊〉的文章，重溫四十五年前往事，他說：「我淚掛頰邊，如見故人，猶晤知己。」這都只是我所接觸到有關於他的一小部分而已。

西城兄是才子，很早進入影劇圈，能寫能編，甚至擔任《武俠世界》雜誌社長長達二十三年，也因此和金庸、倪匡、梁羽生、諸葛青雲皆熟稔，他的月旦文章說的都是實話，而他的《金庸逸事》更有著獨家內幕，難怪一紙風行。其實他早年在日本期間，迷上川端康成、谷崎潤一郎、夏目漱石等人的作品，因而對新感覺派有了強烈的偏嗜。而對於中國文壇如魯迅、周作人、郁達夫諸人的作品更是浸淫已久，是否他們也同是留日的，不得而知。記得西城兄還是最早將郁達夫以日文寫的〈塩原十日記〉一文譯成中文，發表在《大成》雜誌。

　　大約在八、九年前，我在香港董橋主持的《蘋果樹下》和西城兄有著近距離的接觸，有時甚至會在同天兩人文章同時出現，我前後只寫了四十來篇文章，後來因董公榮退，也就此擱筆。而西城兄則一發不可收，一直寫到現在，從文壇舊事到影視珍聞到人生冷暖，都是他一生親歷、親見、親聞的，讀來特別有味，加之他文筆奇佳，遣詞用字，餘韻獨留，令人咀嚼再三，唇齒猶香。

　　昔章實齋謂治史貴有史才、史學，尤貴有史德；為文貴有文情、文心，尤貴有文性。西城兄的文章可說是「文情、文心、文性」三美具，軼聞舊事，纚纚如話家常，而文筆茂美，取精用宏，寫人則婉孌生姿，述事則情理至當。水流雲在，月到風來。目所見，耳所聞，野老閒話，荒寺唄聲，他都能一一筆之於文，而以才子之筆道盡平生涕淚。

新書中最令人動容者，是「悼妻三題」：〈永別之夜，悼燕燕！〉、〈相思相望情無極〉、〈悲喜聖誕〉，三十載枕邊人，垂老唱隨，其情自然彌深彌摯，而遽爾怛化，臨老而賦鼓盆之歌，是人情所難以忍受者，他說「相依三十年，從此成陌路？」，他說「我期盼着燕燕重新張眼，給我一個春風似的笑容，這是奢望，我知道：燕燕不會再回來！苦雨淒風，回家路上，我向天呢喃：燕燕，你走了，留下來的我還能走得遠嗎？」真是纏綿悲惻，哀感動人，細泣幽吟，觸緒紛披，其文不下於元稹的悼亡之作，更讓人想起厲樊榭悼亡詩：「幾度氣絲先訣別，淚痕兼雨灑芭蕉。」「當時見慣驚鴻影，才隔重泉便渺茫。」同樣地他們都有真情，才能寫得聲容具至。

高興的是西城兄將平生經歷的種種事件，以他至性至情之筆記錄下來，也可以視之為別樣的回憶錄。當然這只是他這兩年左右文章的結集而已，他還陸續不斷地在寫，我們也盼望他的新書一本本地付梓，舊時明月，曾照彩雲歸！

目錄

目錄

二、影視珍聞

三、人生冷暖

一、文壇雅趣

看魯迅的藏書

九八年往訪魯迅故居，發現居然沒有書房，藏書亦寥寥，訝而問嚮導，回曰：「先生另有藏書地方，在離這裏不遠處。」想過去看看，日已暮，無奈作罷。友人周君亦紹興人也，以同鄉關係特別敬重周氏兄弟，對彼等的一切，知之甚詳，因告我魯迅藏書庫在溧陽路一三五九號，紅瓦灰磚三層樓房二樓，面積約二百呎。一九三三年魯迅南下上海，攜書不少，為避特務追蹤，委託內山書店職員鐮田誠一租賃現址，藏書約六千冊，包括瞿秋白的遺物和柔石的著作。

瞿秋白曾寄寓大陸新村周家，是魯迅的生死之交，瞿遇害後，魯迅傷心不已，小心翼翼地保存了他的遺物。三六年魯迅去世，遺孀廣平遷居，大部分藏書由北京魯迅故居接收，上海藏書庫棄用，迄未修復。

魯迅學貫中西，腹笥甚廣，藏書當不至於只有上海書庫裏的那六千冊吧！花一點工夫，翻看資料，順藤摸瓜，終於得到一個較真確的答案：藏書約有一萬四千冊，文學以外，尚有金石學、考古學、科學史，哲學、美學、民族學、心理學和歷史學等；至於語言方面，有中文、日文、德文、英文、和俄文，說明魯迅不獨閱讀範圍廣泛，且精於方言。周君對魯迅語言能力有如下說法：「周先生最精的語言，不用說，是中文，次及日文和德文，英文水準一般，俄語就不大靈光了！」魯迅喜歡德文，用力頗深，有翻譯的能力。魯迅善譯，一生一半精力花在翻譯外國文學上，作品不少，有十五個國家七十七名作家二百二十五部。他的外文藏書不少，計日文一六四種、德、英文一五一種、俄文八六種。邊翻譯邊攝取，將外國文學精華引為己用，並以金針度人，嘉惠中國讀者。翻譯範圍先是日、德近代哲學，後轉移到俄國藝術，其間又留意起日本知識界的動向，通過日譯，了解東歐弱小民族的文學景觀。

魯迅故居之三味書屋

魯迅雖然關注日本，用心在於借日譯窺測東歐，不同於胞弟知堂老人對日本風土人情的鑽研。若論對日本認知之深，兄不如弟。知堂老人在《雨天的書》裏的一篇文章〈日本的人情美〉談到日本人的忠君——「外國人講到日本的國民性，總首先舉出忠君來，我覺得不很得當。」跟着爰引內藤虎次郎的《日本文化史研究》裏的一節話，說明日本採用支那語前是沒有忠君一詞，從而提出下面的一段看法

——「日本的忠君原係中國貨色，近來加上一層德國油漆，到底不是他們自己的永久不會變的國民性。」由是：「日本國民性的優點據我看來是在反對的方向，即是富於人情。」知堂進一步說明人情之美，錄和進哲郎論「《古事記》之藝術的價值」一文云：「《古事記》中的深度的缺乏，即以此有情的人生觀作為補償。《古事記》全體上牧歌的美，便是這潤澤的心情的流露。缺乏深度即使是弱點，總還沒有缺乏這個潤澤心情那樣重大。」看得一身冷汗，多年對日本的些微認識，完全給砸得稀巴爛，忠君源自泱泱中國，豈不愧哉！對日本那樣的偏見、污蔑態度，同樣發生在魯迅身上。

上世紀二十年代，《京報》副刊搞了個青年必讀書榜，不少名人雅士推薦中國古代文化著作，獨魯迅不表意見，還力勸千萬不要看，反教青年多讀外國書，輿論嘩然。我亦曾為文評之：「周先生熟讀古書卻勸青年不讀，是啥道理？」自覺得意。周君釋道：「沈兄！你誤會了周先生，二十年代一眾教育家倡經，魯迅覺得這些書成了統治者的工具，古書淪為當權者的附庸，因而不能看。」勸青年看洋書，培養世界觀，有了這基礎，再來看古書，就能辨真假，分善惡，不為古書所惑，用心之苦，非尋常學者所能及。風雨淅瀝，略有所悟：讀周氏兄弟的書，可消心中毒素、魔障，還我本心！

魯迅桃花運旺

第一眼看到魯迅，許廣平這樣說——「他那大約兩吋長的頭髮，粗而且硬，筆挺地豎立着，真當得怒髮衝冠的一個『衝』字：褪色的暗綠夾袍，褪色的黑馬褂，差不多打成一片……皮鞋的四周也滿是布丁……小姐們譁笑了，『怪物』有似指出喪時那乞丐的頭兒。」多尖酸刻薄！可後來呢，「怪物」成為許女士的摯愛，師生戀在民國大抵是大逆不道的，然而魯迅便是魯迅，敢為愛破冰，愛就愛吧，管你什麼世俗不世俗！當然還有些少避忌，同居不敢向外言。正如張傳倫先生所說，許廣平不是好學生，大膽新潮，敢作敢為，某種地方上，正暗合魯迅的反叛性格，走在一道，事屬必然。別看魯迅不修邊幅，桃花運可旺着呢！師大不少女生暗慕於他。許欽文四妹羨蘇是第一個闖進魯迅天地的小妮子。魯迅管她叫令弟，是周建人帶進八道灣。家貧，遠道而來投靠周老師。羨蘇能幹，機靈，魯老太喜歡，周家大小連朱安在內，皆視她為魯迅的另一房太太。曹聚仁《魯迅評傳》把許羨蘇定為魯迅的情人，這非憑空揣測，魯迅其時寫信給羨蘇遠多於寫給許廣平，可見她在魯迅心目中的地位。那為什麼後來演變成「蘇」巢「平」佔呢？這不得不說是羨蘇的引「平」入室。許廣平是許羨蘇的同學，同姓三分親，走動頻密，羨蘇就把許廣平和另一位同學俞芳一起帶去八道灣探訪魯迅，幫忙抄寫稿件、買東西、校對書稿，分擔魯迅部分工作。魯迅對這三位活潑可愛的女青年心存感激，招呼她們留飯。魯迅、許廣平的愛情正萌芽於這樣的飯局。陶方宜在《魯迅的朋友圈》轉述了這樣一段描述——「他（魯迅）真的醉了，打翻了菜碗與酒杯，最後竟然藉着酒勁拳打俞芳，還將許廣平的頭髮抽起來，用力按在佈滿殘羹的餐桌上。」形容過火了，魯迅只是打了許廣平的頭而已。

喝醉發酒瘋追打人，倪匡也有相同行徑。八十年代初，某夜朋友聚飲於灣畔北園。倪匡照例喝XO，喝酒不囉嗦，一杯復一杯，未幾，已有酒意。旁邊的朋友一時興起，替倪匡身旁的女友人看手相，正自看得入神，忽聽得倪匡一聲獅子吼：「媽的，色狼，不知羞！」躍起追打那位朋友。於是一個逃，一個追，繞枱兜圈。眾人大驚失色，羣起阻攔，倪匡哪理會，鐵拳猛揮。別看倪匡不高大，平日健身甚力，拳頭不輕。中拳的朋友連聲喊痛。好不容易才把倪匡給安撫下來，還不住吼「色狼！大色狼！」可見大凡天才型作家，酒後都會荒唐。魯迅瘋狂於前，數十年小老鄉倪匡接力其後，一個是文豪，一個係鬼才，難兄難弟。

打鬧過後，出乎許廣平的意料，老師非但不責怪，反而信多起來。不妨看看《兩地書》，稱呼漸由「兄」而變為「小鬼」、「嫩弟」、再自「乖姑」到「姑哥」、「小白象」和「小刺蝟」肉麻不？毋見怪，老人泡妞，勁頭猶勝青春男。二六年之前，魯、許相敬如賓，並無逾矩。慾情起於魯迅應聘到廈門大學之後，客途寥寂，不期然想起許廣平。天從人願，許廣平移船就磡，馬上跑到廣州，至此，兩人不再分離，仍避嫌疑。即使到了上海，住進東橫濱路景雲里，也是魯迅居二樓，許廣平棲三樓，對外，許廣平自稱是魯迅助理。可有人相信？孤男寡女，掀起衛道之士指責，難聽的話不少，知堂老人也公開反對，兄弟感情降至冰點。魯迅橫眉冷對千夫指，毫不退縮，他説——「回想六七年來，環繞我們的風波也可謂不少了，在不斷的掙扎中，相助的也有，下石的也有，笑罵誣衊的也有，但我們咬緊了牙關，卻也已經掙扎着生活六七年。」鐵肩負愛情，魯迅確是硬漢。魯迅去世，海嬰孩子也有了，許廣平仍然不是魯迅的合法妻子，心底可有一點兒遺憾？廣平女士初遇魯迅，已戀上了——「那是初春的和風，新從冰冷的世間吹拂着人們，陰森森中感到一絲絲的暖氣。」就是這絲絲暖氣，最後讓她付出了一生的代價而無悔。

魯迅與許廣平

孤燈如豆，灰暗幽冥。許廣平坐在床沿，痴痴地望住對過藤椅上的魯迅，鬍子戟張，髮硬如鋼，莊嚴肅穆。陡地，她伸出手輕輕撫着魯迅的手背。猶豫了一陣，魯迅終於握住許廣平的柔荑，低低說道：「廣平，你勝利了！」一九二五年十二月二十日晚上，北京西三條「老虎尾巴」裏正蕩漾着中年男人與年輕女郎的愛情：平靜，漸趨激烈，終於相擁接吻……第二天，魯迅振筆直書，寫成《傷逝》。許廣平廣州人，二三年北上求學，入北京女子高等師範學校，成為魯迅學生。在校期間，結識了同是廣州青年李小輝。任性、浪漫的她愛上了小輝，護城河畔，情話深濃。剛萌芽的愛情，隨着小輝猝死而結束。終日感寂寥，欲覓情歸處。某日，無意中讀到魯迅的《中國小說史略》，小姑居處正無郎，不禁泛起傾慕情。二五年三月十一日北京女子師範大學鬧學潮，憤怒的學生群起反對固步自封的校長楊蔭榆。身為自治會總幹事的許廣平走在前線，率領劉和珍等學生聲討校長，爭取支持，寫信給老師魯迅。魯迅很快回了信，得到魯迅、沈尹默和錢玄同等名教授的鼓勵，學生行動更趨激烈，終導致楊蔭榆垮台。翌年三一八慘案，學生們示威，劉和珍再度參與其中，不幸犧牲。魯迅的名篇《記念劉和珍君》記的正是其間的事。

師大事件，一直以來人們都歸咎校長楊蔭榆壓制學生言論自由，那麼楊校長是否真的那樣不講情理？天津張傳倫先生的文章《楊絳三姑母楊蔭榆》（刊於二〇一三年三月十七日《蘋果樹下》）這樣說——「許廣平實在算不得是好學生，二十年代在北師大上學時，不怎麼好好讀書，熱衷學潮，頂撞師長，譏諷女校長楊蔭榆。逮住她文章中的一句話：『竊念好教育為國民之母，本校則是國民之母之母』，於是她們送綽號給楊蔭榆：『國民之母之母之婆』。」並言楊校長是一個優秀教育家，並未如魯迅所說的橫蠻

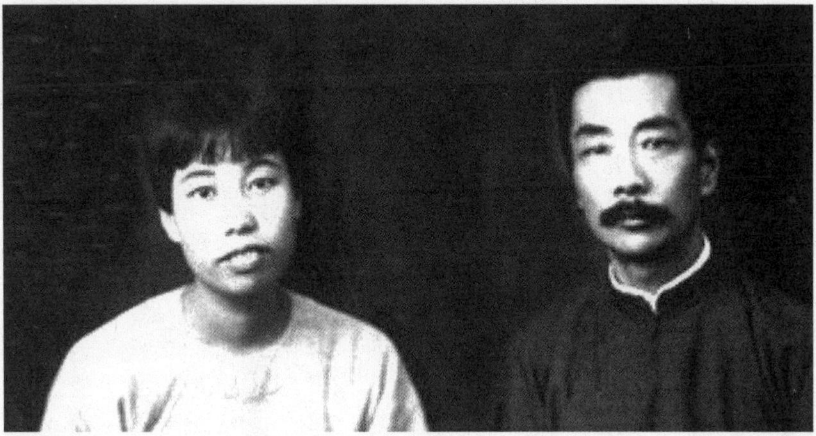

魯迅與許廣平

無理。相互攻訐，一是學生們過於衝動；二是雙方政治主張有異。學生們要打倒傳統，參與政治運動；楊校長則認為教育本質在於樹人，要求學生們遠離政治，做一個賢妻良母，南轅北轍，雙方越走越遠，加上學生們有了魯迅等大人物的支持，信心百倍，最終推倒楊蔭榆，取得勝利。關於這場鬥爭，楊校長侄女楊絳先生這樣說——「她（楊蔭榆）留美回國，做了女師大的校長，大約自以為有所作為。可是她多年在國外埋頭苦讀，沒看見國內的革命潮流，她不能理解當前的時勢，也沒看清自己所處的地位……看來對於一個人，但憑一時一事蓋棺定論，未免有些過於簡單。過去不能表明現在，現在也不能說明過去。」無疑是說過去的評論過於草率了。楊校長被迫離開師大後，繼續作育英才。一九三八年一月一日在家鄉蘇州，為維護女學生被日本士兵淫擄，竟遭槍殺，屍體被拋吳門橋下河流，死狀至慘。難怪我的老師山本伊津雄教授要這樣說「為學生不顧危險，犧牲性命的人，大抵稱不上是什麼壞人吧！換是藏在背後的魯迅君，是否有這樣的膽識，我頗懷疑。」

許廣平並非泛泛之輩，出身廣州高第街望族。祖父許應騤，為慈禧誼子，官拜禮部尚書、閩浙總督，雖守舊而力倡教育。維新失敗，力保京師大學堂，為創辦北京大學奠下基礎。堂兄許崇智跟隨中山先生，任粵軍總司令；崇灝曾任參謀長；崇濟官至師長。廣平生父錫玉，庶出，不為家族所重，喜作詩，為人開明，許廣平得以北上求學，求出一段石破天驚的師生戀。朋友研讀近代史，感慨地說——「許家顯赫，名人輩出，都無有一個可比大文豪魯迅也。」如今說許應騤，許崇智，識者寥寥，惟一提魯迅，幾無人不曉。許廣平女士雖非魯迅髮妻，亦足光耀許族門楣矣！

太陽、月亮、黑夜

近日，沉鬱抑悒，接住寫了連串有關魯迅先生的專文，本有推理心，尋根究柢是嗜好，遂開展對魯迅的追溯。魯迅喜解剖人，後學小子的我也想解剖一下他，人非完人，必有錯失，魯迅，人也，豈能免？前些時寫了兩篇描摹魯迅的文章，看官有意，靜心一看，當見端倪。比如酒後發瘋，師生戀，知其不可而為之，還欲掩耳盜鈴以杜悠悠之口，實乃常人多所為，不足為怪。只是有些人刻意高捧魯迅上天，以小疵不掩大醇為藉口，為彼遮掩。年入古稀，世情看透，人也膽壯，還魯迅一個真面目，有何不可？

中學時，老師說魯迅，有云——「其人心胸頗狹隘，疑心大，往往因而誤解物事。」日本求學，長日無俚，讀書自遣。讀到跟梁實秋先生的論戰，一言蔽之，便是戰鬥文學跟自由主義之爭議。雙方各執己見，硝煙味濃。其時正值國難，人心抗敵，魯迅佔了上風。可晚近看來，文學長期作為戰鬥工具，究非正途。實秋先生提出的自由主義，抒放性靈，正合文學日後發展。不以名氣論英雄，我服膺梁先生，尤其在文字方面，魯迅實不如他。李敖狠批魯迅文章沙石多，引經據典，無瑕可擊。今日讀魯迅雜文，隨手可拈出石頭泥沙，缺乏梁實秋「多一字嫌多，少一字嫌少」的精緻。魯迅的戰鬥精神不獨體驗在文學論爭，面對情敵，也是別樹一格，妒火熾熱，不斬樓蘭誓不還，絲毫不遜對異見者的攻訐。且看如何痛貶高長虹吧！「果真屬於末一說（追求許廣平），則太可惡，使我憤怒。我竟一向在悶葫蘆中，以為罵我只是因為《莽原》事。我從此事都要細心研究他到底是怎樣的夢，或者簡直動手撕碎它，給他更其痛哭流涕……用這樣的手段，想來征服我，是不行的。」繼而寫了一篇《奔月》

魯迅

的小說，狠咒高長虹，文壇譁然。魯迅書迷大多盲目附從，大加撻伐，濁中有清泉，不作逐波流，以魯迅既為文壇巨匠，對一個曾經過從甚密的小輩如此謾罵，有失風度，仗義執言勸罷手。可魯迅火在頭上，哪會聽！非要罵到長虹萬劫不復。最後，高長虹抱頭鼠竄，避居異地。

魯迅真的奪人所好？多年來不少學者都認為是魯迅先搶了高長虹的戀人許廣平。真相是否如此？說到高長虹之能知遇於魯迅，純然出自第一個走進魯迅生活圈的許羨蘇帶引，談得投契，自此成為周家常客，隔三差五地造訪。《魯迅日記》云——「夜買酒邀長虹、培良、有麟共飲大醉。」「夜風。長虹來並贈《狂飆》及《世界語周刊》。」兩人一年見面近百次，平均三天便見一次，可見密切。君子之交淡如水，往來過頻，易生齟語。魯、高反目，表面源於有人稱魯迅為「中國思想界權威」，高長虹以為不妥，蓋五四運動後，國民思想上仍處啟蒙階段，需待釋放，將魯迅定為「思想界權威」，會桎梏了思想的解放。本是好意，高長虹卻不避嫌疑，當住魯迅面前，直說出來，多疑的魯迅上聽了，甚不爽，告誡長虹——「權威一詞洋人多用，這是商業炒作，不必頂真。」可聽在高長虹耳裏，也覺不爽，從此到周家的腳步少了。如果以為這導致雙方翻臉，那就有失公允，真正原因是暗戀着許廣平的高長虹不顧一切，在《狂飆》上發表了一首詩——《給——》自詡太陽、廣平喻作月亮，而魯迅則貶為黑夜，直當魯迅是他倆的累贅物，方知高長虹是在使鬼伎倆——追師嫂，焉能不火，大肆還擊！翻看資料，高、許確有往來，廣平幫魯迅抄寫時，曾寄郵票購買長虹的詩集《精神與愛的女神》，魚雁相通凡八九封。長虹舞劍訪周家，旨在廣平。廣平對長虹是否有意？嘿！哪個少女不懷春？魯迅跟她相差十七歲，許是崇拜魯迅的才氣生愛意，面對少年翩翩的長虹，春意勃發，一心二用，何足怪哉！最後捨貌取才，決定了許女士的畢生命運。

想起了章太炎

饒宗頤教授仙逝後，想做一篇談章太炎先生的文章，因故未竟。九八年遊上海，往詣山陰路大陸新村魯迅故居，三層石庫門樓房，前有天井，植樹數株：桃樹、紫荊、石榴，清淡恬靜。我在二樓先生卧室兼書房桌上，看到未完遺作，述章太炎軼事，徵得嚮導同意，湊近細看，往事遽至。魯迅認是太炎學生，惟先生不以為然。太炎教學生涯，可分兩個階段：一是亡命東京時期；二是晚年在蘇州設「章氏同學講習會」。魯迅當是東京時期聽課。太炎文名四播，四海咸服，知名之士紛向他受教，計有黃侃（季剛）、汪東寶，龔未生、朱希祖、周樹人（魯迅）、許壽裳等人，而僅黃、汪二人得其真傳，世稱「章門二妙」。魯迅從學不長，太炎晚年亦少有提及，情況一如彼視藤野為恩師，而藤野則對學生印象不深。

餘杭章太炎，人稱「章瘋子」，恃才傲物，目空一切，曾琦詩云：「當代我所師，新會與餘杭。」將梁啟超跟章太炎並列，太炎大不悅，點評任公曰：「文求其工，則代不數人，人不數篇，大非易書，但求能入史斯可矣。若梁啟超輩，有一字能入史耶？」恥與為伍，曾琦馬屁拍在馬腳上。太炎二十歲從俞樾（曲園）受經學，精研春秋三傳及百家言，學業精進，蔚然成家，青出於藍。彼好謔，曾把弟子五人，封為太平天國五王，黃季剛學高，自命不凡，是為「天王」、汪東寶為「東王」、吳承仕為「北王」，錢玄同為「翼王」、朱逖先是為「西王」，魯迅被摒門外，不如老鄉玄同。玄同字餅齋，因疑古而叛離乃師。太炎倡古文，錢則奉今文，針鋒相對，寸步不讓，故有「二瘋子」美譽，彼為知堂摯友，過從殊密。

章太炎

季剛，字病蟬，在日習法律，太炎東京講學，慕其大名，寄書並附作品請教。太炎一讀，大驚，回信說「得尺書，知君為天下奇才。」遂不敢以師自居，瘋子也有謙虛時，兩人往還，在亦師亦友間。

你說，古之文人有哪個不好為政？博學通達如太炎也不能免。三十五歲時，跟陶成章、徐錫麟等組「光復會」與「興中會」、「華興會」互通聲氣。民國興，太炎欲為官，對黎元洪頗具好感。其時袁世凱封黎為東三省籌邊使，本係敷衍，黎認了真，大興土木，屯墾、開礦、路、練兵，結果碰了一鼻子的灰。太炎不知就裏，巴結黎菩薩，黎不勝其煩，想了一條妙策，紅繩繫足，讓太炎討了湯國黎。二次革命敗後，太炎為袁世凱幽禁。袁歿，國父孫中山開府廣州，重章之大才，委為秘書長，猶不滿足，遊雲南時，跟美都督唐繼堯盤桓些時，唐僅視他為有名氣的文人，不予重用，只好鬱鬱回上海。

章太炎淵博絕倫，於古書無所不通，無負一代樸學大師之名。詩詞歌賦以外，亦耽於醫學，曾為國父開方，很有成效，畢生竭力提倡中醫學。除此，於卜筮、星相，也無一不通，無一不精，曾云：「聖哲無不知命，不知命無以為君子也。」因而作為君子當知命。先生學問非我小子所能懂所能窺，敬之在於絕不陳腐冬烘。當代掌故大師高拜石先生云：「太炎於學，實無所不窺，教人在明舊知新，寓新生於舊體，而使舊體產些新生。」有人奚落線裝書，把中國積弱歸咎於它，太炎不以為然，罵道：「你們應該多讀歷史典籍，這不是線裝書的錯，是沒有讀線裝書，或讀得不多的病！」余師南海余少颿說過相仿的話：「不讀古文，作文不會好。古文者非是尚書一類，而係唐宋傳奇，明清筆記，當然，詩詞歌賦也不可或缺。」意正跟太炎先生相同。新舊相疊，推陳出新，打破成規，其學之精，便在於此。噫！今世國學大師者，有此能耐乎？晚年落魄，唉！一棵老冬青，殘照西風裏，難堪折磨多，六十七歲卒。

讀胡適、聽胡適

燈下捧誦董橋《讀胡適》，不乏警闢之處，百采紛呈。我第一次接觸胡適先生，尚在中一，課文有《嘗試歌》——「嘗試成功自古無，放翁這話未必是；我今為下一轉語，自古成功在嘗試。」淺白易解，一直記到現在。自古成功在嘗試，於是嘗試當作家，成績何如？固不必說，人貴嘗試，自可有得。胡適是新文學大將，沒他，大抵沒有新文學。近年不少文學家認為五四運動應有共產黨一份兒，胡適一九五九年七月九日在美國夏威夷大學演講，回顧五四運動的原因和五四當天的情景，直言「這件事完全是青年們愛國心的自動爆發，可是共產黨徒偏要說五四運動是無產階級世界革命的一部份，而且是由中共策動和領導的，這全然是個謊言。事實上，一九一九年的時候中國還沒有一個共產黨徒。」當事人如是說了，還有什麼好存疑？當然相信胡先生。一百多年前創始白話文運動是普及中國國家語文的途徑，胡適奔波四處演說文學革命，將原來的「八不主義」總括為四條守則：一，要有話說，方才說話。二，有什麼話，說什麼話；話怎麼說，就怎麼說。三，要說我自己的話，別說別人的話。四，是什麼時代的人，說什麼時代的話。有贊成者，也有反對者，無論如何，胡適道出肺腑之言，值得尊重。胡適溫柔敦厚，從不罵人，不像魯迅那樣鬚髮戟張，疾言厲色，也不似豈明先生和溫如水，了無火氣，他是軟中帶刃，輕刺一記，教人信服於他的指引。

胡先生對待朋友之道，可見他於林語堂的資助。一九一九五四運動那年，美國哈佛大學給了林語堂半個獎學金，每月四十美元。四十美元養不活一對夫妻，胡適知道了就對林語堂說：「你回國以後來北大教書，我們每月補助你四十塊美金。」到了美國林太太生病，要住醫院，沒錢，打電話給胡先生，馬上匯去五百美金救了他們。熬了一段日子積蓄花光了，又寄一千美金給他們解困。二三年林語堂回國，向北大代校長蔣夢麟致謝，方知原來是胡適自掏腰包寄給林語堂的。多年後林語堂追述往事：「我們永遠記得先生對朋友的這份『無聲援助』。」這兒毋妨岔一筆說說蔣夢麟。老先生晚年不耐寂寞，欲續弦，某次在圓山飯店巧遇名媛徐賢樂，驚為天人，苦苦追求，情書一封接一封，道不盡的相思，其中一句云——「在我見過的一些女士當中，你是我最心動的女人！」出自《西潮》名人之口，哪個女人不動心？徐賢樂如乳燕般投向老先生懷抱。皇帝不急急太監，徐賢樂是一個拜金女人，朋友怕蔣校長吃虧，苦勸，無效，惟有求諸文壇大好人胡先生。胡先生身在醫院，心繫好友，勉力寫一函勸解。出動到胡適，蔣夢麟不能不稍稍收斂，可一個星期後，喜帖送來，蔣夢麟跟徐賢樂鳳凰于飛，共結秦晉了。婚後，老先生成為徐女士牽動的木偶，宴會場上，展痕處處。不到兩年，感情有變，協議離婚，徐女士獅子大開口，左拆右解，以五十萬台幣贍養費了事，黃昏之戀落下帷幕，春夢了無痕。

哪堪折騰，翌年，校長鬱鬱而歿。

全書八十八回，「淺中着力，深處露光，」看完不覺倦。董橋有幾句話說得好——「讀胡適，寫胡適，我其實只想挑我愛讀的讀，挑我愛寫的寫。在這樣任性的時刻我慶幸我不是學者，不搞學術，愛怎麼放肆就怎麼放肆。」瀟灑脫俗，正是做學問的正途。最近友人傳來胡適錄音帶，徽音重，語調穩，吐佳言如鋸木屑，霏霏不絕。提到周氏兄弟說「我們在新青年時代，不大喜歡做這個創作的文學，只有魯迅喜歡做這個東西……」接着還說了樁趣事，周氏兄弟自費出了一本《域外小說集》一共買了二十本，「不不不，是二十一本，一本是魯迅自己偷偷出錢買的。」正經巴交地訂正，引得鬨堂大笑。治學謹嚴的胡先生竟也有幽默的一面，我不禁莞爾。太陽西斜，倦鳥歸巢，混沌的世界裏，還有胡適那樣的人嗎？

從梁實秋故居說起

杜鵑聲裏雨如煙，四月花未盡開，只有杜鵑數聲悲啼。我中午到台北，頂着風，冒着雨，匆匆驅車往雲和街十一號訪梁實秋先生故居。司機是中年漢子，一聽梁先生名字，豎起大拇指：「梁先生是我們台灣的光榮！」我一愣，坐在前面，身形微胖的司機真識梁先生其名？彼話匣子一打開，滔滔不絕：「翻譯莎士比亞全集，了不起啊！先生——」回頭問：「你可有看過？」我從沒好好翻過，回答不上來，羞愧莫名。未幾，車到雲和街巷口停下。司機心善，指點明燈：「你朝前走，到中間，那裏有一棟日式平房，便是梁先生故居。」謝了，跨步前行，卅秒左右已立在梁宅大門前，跟一般和式房屋無異，進門是庭院，種麵包樹一株，茂葉蔽天，綠陰匝地。入門是玄關，地鋪櫸木，光亮滑溜，老人宜謹慎以防滑倒，一跤跌倒，茲事體大。地方不大，精緻雅潔，無周彝商鼎、湘簾繡被，正合「雅舍」之名。先生戰時棲住重慶北碚，流離貧病，不便譯作，適劉英士辦《星期評論》，邀他寫稿，不喜政治，就以身邊鎖事、回憶寫了十篇對付。先生云「長日無俚，寫作自遣，隨想隨寫，不拘篇章，冠以『雅舍小品』四字，以示寫作所在，且誌因緣。」其實雅舍不雅，先生如此描述——「火燒過的磚，常常用來做柱子，孤零零的砌起四根磚柱，上面蓋上一個木頭架，看上去瘦骨嶙嶙，薄得可憐；但是頂上鋪了瓦，四面編了竹篦牆，牆上敷了泥灰，遠遠的看過去，沒有人能說不像是座房子。我現在住的『雅舍』正是這樣的一座典型的房子。」如此蝸居，先生甘之如飴，不嫌寒酸，寫出清麗雋永的文字，豈是常人！我看先生文字，始於中學時代，囫圇吞棗，並無所得。迨至五年前，年近古稀，重翻小品，讀到一篇

梁實秋

追念國文老師的文章，才略悟為文之道。先生求學時，自以為文章出眾，意氣風發。豈料卻被老師批得紅圈滿紙，深感不忿，詢諸老師。老師不怒，道：「做文章，一切膿泡虛腫，能刪便刪。」原來一般人做文章，多珍惜自己心血，不肯刪削，文章因而冗贅重疊。文章經修飾後，拿回家一看，簡潔緊扣，脫胎換骨。因知文章宜短不宜長，以此為基礎實踐之，遂成一代散文大家。我受益無窮，再三拜謝，實秋先生乃吾私淑師也。

台北日日幾乎都是雨，雲和街故居雨後積水，不宜梁夫人程季淑，五八年舉家移居安東路。先生念舊、不忘故居庭前麵包樹，夫人便將麵包樹種子栽種於新居庭院。麵包樹鬱鬱蔥蔥，先生日夕直凝望，靈感泉湧。我念先生，在麵包樹下拍照留念。故居佔地八十多坪，房子佔三十坪，前後庭院，尤以後庭森靜閒寂，最宜靜思。後庭台階上置有一椅為先生常坐，我復坐其上，眺望庭院，清風徐來，追緬先生昔日風貌，不禁有與先生相合之感。經修復後的故居，多了一份整齊，少了一份閒散，畫蛇添足，反為不美。先生書齋收拾得一塵不染，書桌、書櫃排列井然，想非舊日原貌。先生有文寫書房：「書房的大小好壞，和一個讀書寫作的成績之多少高低，往往不成正比例，有許多著名作品是在監獄裏寫的。」此言確也，魯迅的書房也不見大，卻能寫出《阿Q正傳》。

余光中為先生弟子，大學時常到雲和街串門子，談文論詩，師徒兩情翕如。先生去後，余光中繼彼遺志，致力發揚梁派散文。今光中先生亦去矣，誰來承其餘緒？散文實不易寫，散文大家更是難有，大漢天聲，今成絕響，憾焉。在故居盤桓逾一小時，出門歸，雨忽下，背後響起杜鵑啼聲，楊花落盡子規啼，淒風苦雨，涼意侵人，我啼梁、余二先生！

白先勇的堅持

六十年代台灣飆起現代文學風，白先勇、劉紹銘、李歐梵、王文興、陳若曦、歐陽子等台大學生創辦《現代文學》雜誌，專事介紹外國現代文學。好作家夥，白先勇最耀眼，《寂寞的十七歲》一看，難釋卷，說真的，在那年代，哪個懷春男女沒有過寂寞的十七歲？後來看了柯俊雄、唐寶雲主演的同名電影，體會更深。柯俊雄笑瞇瞇隔着魚缸偷眼瞧唐寶雲，女友說：「這個男人壞死了。」迷茫的眼神，調皮的笑靨，教我想起亂世佳人裏的奇勒基寶。母親的上海姊妹淘三阿姐說奇勒賊頭狗腦，吊兒郎當，「格種腔調，女人頂愛。」男人三分壞，女人就上腔，「小阿弟，曉得勿？」搽着蔻丹的纖纖玉手，輕輕一揮，勾走了我的靈魂兒。後來又看到《金大班的最後一夜》這篇小說，喲！裏面的金兆麗活生生就是三阿姐。白先勇寫上海女人確有一手，且看他如何寫金大班！「金大班穿了一件黑紗金絲相間的緊身旗袍，一個大道士髻梳得烏光水滑的高聳在頭頂上；耳墜，項鏈，手串，髮針，金碧輝煌的掛滿了一身，她臉上已酒意盎然，連眼皮蓋都泛了紅。」有點眼熟，不就是《紅樓夢》嗎？這跟留在我心中的上海舞國名雌，正是一對兒。總以為白先勇是「舞場老鼠」，原來平生只去過台北夜巴黎舞廳一趟，已能把舞女描寫得如許刻骨入微，細緻堂亮，雖說有高人指點，也不得不感服於彼之過人才情。我徜徉花窠，歷有年所，今日為止，僅得《風月留痕》乙冊，素視為精心之作，可與《金大班的最後一夜》一比，小巫見大巫耳！

白先勇

這回白先勇來港，在香港大學跟姚煒講演《金大班的最後一夜》，二姊夏丹千方百計拿到兩張貴賓券，一道去看，端坐聆聽，一夜無累。白先勇細表拍《金大班》，驚愕於他的堅持。說句心底話，白大哥好天真，居然以為電影改編自家的小說，便是全屬品，一切我說的算，於是什麼都要管一管，老闆不耐煩矣，只好打退堂鼓。好不容易找到第二家，「第一」電影公司老闆黃卓漢百般遷就，打好合約，電影籌備開拍。白先勇提出一個條件：女角要符合書中人物氣質。黃老闆是生意人，重票房，要起用大牌女星鍾楚紅，港台紅星，票房保證。白先勇連聲「不行」，鍾楚紅不合這角色，一是氣質相悖，二則非上海人，演繹不出上海女人的海派特點。有問什麼叫「海派」？好個白先勇慢條斯理回道：「這只能意會而不能言傳！」急壞黃老闆，死命進言，不從。白先勇硬邦邦：「找不到合適女角，寧可不開戲。」黃老闆叫苦連天，想不到溫文爾雅的白先勇，骨子裏居然是頭兇猛獅子。那麼後來又怎會找到姚煒的呢？

緣分天定，白先勇某日看到徐克的電影《鬼馬智多星》，一眼瞄到姚煒，心裏抖動：天哪！這不就是金兆麗嗎？踏破鐵鞋無覓處，那人正在我眼前。隔座姚小姐插口說：「我喜歡這個故事，一看到劇本，整個人投了入去，自己就是金兆麗呀！」情投意合，飛奔台北。導演意大利電影博士白景瑞，第一天便要求姚煒拍床戲。戲中有兩場床戲：跟純男的初夜和猛男的激情。白博士促狹，挑拍難度高的後者。誰怕誰？姚煒豁出去，走光不自知。台下觀眾問白先勇可滿意？姚煒搶說「他呀！滿意極了！」白先勇吃吃笑：「那麼好，是男人都滿意吧！」鬨堂大笑。女角敲定，剩下的便是電影主題曲誰來唱？黃老闆要起用當時得令的鄧麗君，白先勇又表反對。小鄧嗓子，生生燕燕明如翦，嚦嚦鶯歌溜的圓，太甜潤。白大哥要的是滄桑悲涼，淒如鵑啼腔調，只有小蔡琴最合。黃老闆使乖，聽說白先勇將赴美，索性來記硬上弓：白大師，你一走，咱就簽小鄧，嘿！道高一尺，魔高一丈，白先勇堅持簽定蔡琴，這才買棹回美。結果又贏一局，KO黃老闆。歷盡艱辛拍攝的《金大班的最後一夜》，終成二十世紀電影經典，三十五年後重溫，依然惹恨長。舞榭歌台君有淚，人間天上總有情，是時候重讀《台北人》了！

余光中沒看錯！

香港文壇知余光中先生至深者，莫如黃維樑教授，有說是先生學生，其有謬誤，他只是崇拜者。黃維樑夫子自道：「就像今日的女孩子捧韓國歌星，我是小粉絲」，說時有點靦腆。七十年代初入中大，碰巧七四年余光中打台灣來港任教，遂有親炙的機會，十年往還，成為沙田小友，跟當年先生遇梁實秋的情況如出一轍。余光中在《文章與前額並高》一文中這樣說：「那時（一九五三）我剛從廈門大學轉學來台，在台大讀外文系三年級，同班同學蔡紹班把我的一疊詩稿拿去給梁先生評閱。不久他竟轉來梁先生的一封信，對我的習作鼓勵有加，卻指出師承囿於浪漫主義，不妨拓寬視野，多讀一點現代詩，例如哈代、浩斯曼、葉慈等人的作品。」

獲得名師指引，叩門拜訪——「梁先生正是知命之年，前半生的大風大雨，在大陸上已見過了，避秦也好，乘桴浮海也好，早已進入也無風雨也無晴的境界。」兩人談天說地，了無隔閡，其間余光中發現梁先生的「前額十分寬坦，天庭飽滿，地閣方圓，長牙隆準，很是雍容。」頓生親切之感，就不囿長幼之序，糾纏不捨，懇求為處男詩集《舟子之歌》賜序，梁實秋慨然應允。作為文學青年，有哪個會不欣喜若狂？偏是黃毛小子不賣賬，嫌一首三段格律詩過於新月氣味，沒有針對詩集而寫，竟自送了回去。換作別人，定必大怒，誰家小子那般不懂事理，梁實秋淡然一笑：「那就別用得了……書出後，再跟你寫評吧。」言有信，詩集甫出，寫就詩評「我們寫新詩，用的是中國文字，舊詩的技巧是一分必不可少的文學遺產，同時新詩是一個突然生出的東西，無依無靠，沒有軌跡可循，外國詩正是一個最好的借鏡。」勉勵多讀哈代等大家的詩，正好觸發了余光中日後的「詩路」。

七四年余光中任教中大，胡菊人焉會放過，誠邀為《明月》寫稿，當仁不讓，發表了不少詩作。《明月》偶有文人聚會，作為小友的我有幸參與，見到先生，個子不高，翩然俊雅，話語溫和，與之接，如沐春風。我年輕，膽子壯，面對詩人竟說「不愛看新詩」，問原因？答以「難以記憶。」余光中不以為忤，答道：「你說得蠻有理，有些詩人的句子太歐化，因而朦朧晦澀，很難記住。」繼而指出新詩要以舊詩為基礎，配合西洋詩的技巧，合而為一，這便易讀。不妨看看六九年的《忘川》——「所謂祖國，說的是一種古遠為芬芳，蹂躪依舊蹂躪，患了梅毒依舊是母親。」用梅毒入詩體現對故國之思，深邃獨特，易於捧誦。梁、余、黃纏合難分，梁實秋傳余光中，再傳黃維樑，一脈相承。

深冷陰雨的午後，跟維樑聊起詩人：為什麼會遠道打台灣來中大？回答簡單直接：「西城兄！你要知道中大的薪酬是台灣的四倍，而且還有宿舍和津貼，詩人也想改善環境呀！」真是這樣嗎？其實是經不起宋淇的力邀，來當中國現代文學系的一頭開荒牛。牛不好當，名氣大，薪酬高，惹人妒，幸好有寬宏幽默之心，化險為夷。中國文人幽默者不多，林語堂最出眾，余光中也不弱，毋妨說椿小事解解頤。美語大師喬志高教授離任回美，「沙田之友」一眾設宴歡送，宴畢，一一握手話別，挨到先生夫婦，握了男手，作風西化的喬教授竟向余夫人右頰上印一吻，看在散文家思果眼中，大不以為然，事後埋怨喬志高輕佻浮躁，余光中呵呵一笑：「難道要暗吻不？」答得妙到毫巔。

余光中愛李白，不少詩誦之，如《戲李台》、《尋李白》、《念李白》均如是。「酒入豪腸，七分釀成了月光，餘下的三分嘯成劍氣，繡口一吐就半個盛唐。」豪邁瀟灑，大氣磅礡。有人月旦先生於鄉土文學爭論時，賣友求榮。陶傑為彼辯：「『六四』天安門風暴，余光中以詩讚美聲援爭取自由的學生，而陳映真，卻讚揚坦克血洗的極權一方，時間證明了一切。」余光中沒看錯。

諸葛青雲義薄雲天

香港梁羽生，台灣諸葛青雲（下稱諸葛），七十年代已聽得人家如此道說。有此言，主要是兩人才情相若，琴棋書畫無一不通又無一不精。硬要比，諸葛稍勝一籌，平劇一把手，時代曲耳熟能詳，不僅好聽，還能哼；梁公不善酒，也不懂唱，諸葛不同，酒仙兼美食家，雖不下廚，精於點菜。台北食肆哪家好？哪家糟？了然於胸，各式美食遍嚐，尤懂辨假。某日光顧一名店，經理坑他，上枱看時是活鮮魚，回到廚房，偷龍轉鳳，變成活死魚，蒸好上枱，人皆不察，獨諸葛對住經理，一聲獅子吼：「且慢！這條魚不是剛才的那條。」西洋鏡拆穿，還待狡辯。好個諸葛，攤開右手出示兩片魚鱗。經理大驚失色，忙撤下枱，送回廚房。人胖而精，諸葛之謂。

《武俠世界》很早便轉載諸葛的小說，以我記憶諸葛不曾特別為《武俠世界》供過稿，同卧龍生、古龍一樣，成了名家，稿債甚夥，哪有空閒為海外刊物專門寫！諸葛小說我看的不多，最有印象者乃《紫電青霜》和《一劍光寒十四州》，少年時租自健康邨書檔。獨卧床上，右手捧書，左手抓牛肉粒往嘴送，一看通宵。翌日雙眼紅腫，要戴平光眼鏡方敢回校。先生講課，我心繫小說情節，左耳入右耳出，神思恍惚。武俠評論家咸認為諸葛小說深受還珠樓主影響，直言不諱，自詡是李壽民的私淑弟子。諸葛記性忒好，過目不忘，熟讀《蜀山劍俠傳》，對其中回目都能背誦如流，聽得眾友瞠目結舌，說不上話來。既博聞又強記，加以幼受外婆庭訓，遍讀古典，一般作家難匹敵。大歷史小說家高陽好作詩，偶也要請諸葛賜教，興起，動手易一二字，全詩大異，高陽如獲至寶，開懷大笑。我的小老弟李劼

左起：卧龍生、諸葛青雲、古龍

白，最服諸葛，因改筆名「諸葛慕雲」，先生的小說，所有版本他都私藏。近年更開展諸葛研究，筆墨之精，不下台灣葉洪生和林保淳兩位大師。

說諸葛，羅斌豎起大拇指，誇啦啦讚個不停，非僅限於彼之小說，並及人品——「台灣武俠小說名家當中，諸葛青雲最講道義，從不預支稿費，更不會脫稿，他是唯一一個不向我告貸的台灣作家。」有一回，羅斌聊得興起，當住我面拉開辦公桌的抽屜：「沈先生，你來看看哦！」一瞧，厚厚一疊借據，全是作家們欠下的債項，古龍、卧龍生，杜寧……數之不盡。只有台灣諸葛、香港倪匡，志氣高，不欠羅老闆一個子兒。因而腰板挺直，說話大氣。諸葛晚年潦倒坎坷，硬着頭皮仍不向人告貸。一位中醫憐其才，憫其遇，聘為顧問，實無工作，只是幫閒。名作家淪為無事可做的清客，窘境可知。有好謔者直言諸葛弄得如此寒磣，實乃咎由自取。聽說諸葛紅火時，徜徉勾欄，揮金如土，實則在色的方面，不如古龍、卧龍生，支付有限，大不了追捧女歌星李少梅，視之為紅顏知己而不及其他。少梅本有心跟他，見長期無表示，下堂求去。從此諸葛不再戀棧歌壇，興趣轉向電影。眼見胡金銓一部《龍門客棧》名揚天下，名利雙收，加以老友卧龍生搖身一變成為大製片家，於是甘附驥尾，拍起電影來，一連幾部：《奪命金劍》、《豪客》、《大猛龍》，盡皆鎩羽而歸，賠了不少錢，只好賣巨宅抵債。寫作時，財神依戀他；到拍電影，財神捨他而去。諸葛最終不名一文，只好馮婦重作，不意浮雲散，時勢易，武俠小說漸走下坡，詔華已逝，華篇不再，大名鼎鼎的諸葛，小說竟然無地盤可供發表。好兄弟燕青悲傷莫名，感喟彼太慷慨，說了一件事已誌其概——「吉隆坡一張報紙想轉載台灣名家的武俠小說，託我物色和洽商……這份額外的收入，恍如從天而降，諸葛青雲既是名家，又是老友，這張好牌，我當然打給他，肥水不流別人田嘛！和諸葛談起了這件事，他很高興。但到第二天，他來找我，希望我幫一個忙，因為慕容美的經濟狀況很支絀，他想把這份額外的收入轉讓給他，幫忙老友渡過難關。既然諸葛青雲這樣說，我當然樂意成人之美……其實在這時候，諸葛青雲自己也很等錢用，但他看到慕容美的情況更急，便把這份轉載的收入相讓給老兄弟，寧願自己捱窮過苦日子。」如許義薄雲天的作家，台灣難有，香港罕見。人說他笨，我道諸葛先生的可貴處正在於此。

舊日文化界潛規則

月暗星稀，風雨欲作，重讀老辛書簡，一臉悵惘。剛展讀，雨乍落，黃豆打窗，巴噠巴噠，惱人！書簡云——「沈老總足下：萬望能高抬貴手，續用弟稿，弟向你鞠躬再三致謝！」語極荒涼，筆墨帶愁。來函者，台灣武俠小說家辛彥五是也。時光一晃，二十餘年矣，物是人非事事休，欲語淚先流。為《武俠世界》寫小說的，論名氣，辛彥五大有不如。北京武俠小說評論家鱸魚膾這樣評說——「他（辛彥五）的武俠小說，在《武俠世界》裏只是配菜，好奇可以動動筷，你會發現，其實它並不難吃；但要指望大快朵頤，還是換一家館子解饞吧！」似乎低貶，卻是事實。九六年我接掌《武俠世界》，成為第三代老總，前任老總鄭重兄告我：「沈兄，你動誰的稿子，我都沒有問題，只是辛彥五的，千萬別輕動，拜託拜託。」我難明所以然，莫非其人寫得特別出格？拿來一看，正如鱸魚膾所言——「解饞另覓店」，如此水平，為什麼要刊用？由於當日唯唯否否，沒提異議，只好暫時保留。如果覓得更好的稿子，自會捨棄。上任不到半月，收到辛彥五的信，便是文章開首的那一封，客套幾句，便提要求。接着又說：「沈老總，我們的條件如照舊，你認為太低，可以調整，我無所謂，只求能再供稿。」看得我一頭霧水，喝了口咖啡，把思想梳理一下，得着頭緒：那是一樁買賣。舊日報界有個不成文規定，名頭不響的作家想稿子刊出，就得向老總或編輯獻寶，稿費所得，匀一些出來孝敬，這樣便可以長寫長有。一般編輯都會接受這條件，一來多一名作家支持，二則有額外收入，補貼補貼，何樂不為！我嘆了口氣，回信老辛表示以後條件不必再繼續，閣下稿子還請照寫。用意挑明，不想舐作家的血，同時對未成名作家的困境寄予同情。可老辛不領情，款子照匯不誤。去信再推，依然故我，莫奈他何。他的小說，我看得極少，約略讀過《奪魂令》和《趙周橋風雲》，沒有大格局，一統江湖的氣魄莫問，只述江湖仇殺，既不曲折，亦乏離奇，讀之如飲白開水，平淡無味，莫談解頤，止渴也做不到。不禁掩卷問：如此不濟的小說為什麼還要登？難道真的只為那幾文錢的回佣？

老辛當過水兵，滿身軍人氣，坐時腰板挺直，說話不徐不疾，從不喝茶，只飲開水。平日行事，一板一眼，正直不阿。我背地裏叫他當世柳下惠，坐懷不亂，小說罕有男女情意描繪，現代讀者哪會有心思看？就連老一輩的讀者也寧可看司空羽，至少香艷旖旎呀！二零零二年，我跟朋友買下《武俠世界》，老辛特意從台灣來香港跟我相見。接風晚宴上，他懇請我續用他的稿子。我不好推，言不由衷地：「辛大哥，你稿子照來吧，那些錢：：就不用再匯了！」他高興地笑了笑說：「我明白，明白。」跟着遞上一大疊原稿，望能刊登，這便是《老牛的春夏秋冬》。其實老辛忘記了，以前我在《環球》時，曾經向我提起過，也寄來兩章供我參考。我看了一過，自身傳記，還可以。編輯們卻說這非武俠小說，無意發表。老辛為此掛來好幾通長途電話，最後一趟，聲音哽咽，近乎哀鳴：「沈老總，你盡量幫幫忙！這是我老辛多年心血之作，我不收稿費，總可以了吧？」奈何寡不敵眾，無法應命。今番舊事重提，我又已是老闆，看到滄桑臉孔上爬着的無數不規則皺紋，我無法拒絕。老辛伸出雙手，牢牢抓住我的胳膊搖：「謝謝你，沈老總：謝謝你！」那誠懇真摯的臉孔，在今夕月暗星稀的晚上，又浮現我眼前……

《老牛的春夏秋冬》，反應不俗，老辛打電話來，要繼續匯款。我去哀的美頓書「若再匯款，一刀兩斷，以後不要再來稿。」老辛總算聽話，停止匯款。兩年後，我不當主編，由王學文繼任。善心的學文，出版了老辛的《虎嘯來如風》上下兩卷。老辛開心，咱們憂心。《虎嘯來如風》每卷印二千，共四千冊。半年後百分之九十五退回來，現都給堆在貨倉。《虎嘯來如風》變成《苦笑去如風》。老辛嘛，自此也是去如風，再沒影兒了！

金庸就是金庸

金庸逝世，萬眾同哀，我忝為其一，惟哀者非其年老去世，而係文豪不再。人人說金庸了不起，怎的了不起？一句話，雅俗共賞，達官貴人，林下名士，販夫走卒，讀之皆不忍釋卷。世上有華人之處，必有金庸小說，流傳至廣，柳永不逮也。年來，分析金庸小說專著亦復不少，倪匡、陳墨、嚴家炎，楊興安等，各陳其說，卓然成家。珠玉在前，不敢掠美，毋妨說說身邊瑣事以饗讀者。金庸三段婚姻，前二段均以失敗告終，獨有中年後的那一段，維繫至今情不變，因兩人年齡差距頗大，事前無人看好，倪老爺一瓢冷水澆頭淋，呱呱大叫：「老查格段婚姻我勿看好，老夫少妻難長久。」天下事，無絕對，慧黠如倪匡，也有漏眼時。查太阿May十六歲遇金庸，今逾花甲，恩愛逾恒。倪老爺子今回眼鏡砸爛，滿地碎片矣。芸芸諸友中，《明報》大掌櫃戴茂生慧眼別具：「我覺得查先生跟阿May會長遠，他倆的關係很有趣，既是夫妻，亦似父女。夫勤妻賢，父慈女嬌，打風不掉。」當時無人信服，如今戴公墓木已拱，不得不佩服他看人測事之明。阿May未識金庸前，是北角金舫酒店七樓蜜月酒吧的女侍應，芳齡十六，攢錢留學而當臨時工。某夕金庸上酒吧寫稿，阿May上前招呼，日久，成了忘年戀（註：有關阿May出身，傳言頗多，大多係穿鑿杜撰，伊非風塵中人而係兼職求學的乖乖女）。今年十月一日，我重遇老同學陳冠生，他是七十年代阿May的同事。在WhatsApp裏這樣說：「金庸現任妻子Julia是我七十年代的同事。老闆是美國人，他擁有Jeans East、假髮廠、泛亞電影公司、廣告公司等等。那時我們一班同事經常出來玩，很開心。她在公司是出名靚女，很多人追她，唯獨她只喜歡金庸。她說金庸很細心，品格高。」重品格，輕金錢，幾十年來阿May都緊守。貴為查夫人，她低調自處，從不揄揚，傳媒邀訪，都會以金庸所創凌波微步，偷偷溜掉。陶傑見她勞碌，勸她旅行散散心，婉聲推拒，並説：「目前最重要的工作便是一心一意照顧金庸。」以金著喻之，活脱脱便是小龍女。

有人以為金庸拙於辭令，實則非也，江浙人士，粵語多不靈光，一講，準吃螺絲；若然易以上海話，當會口若懸河，滔滔不絕。我可沒亂説，實有明證。七十年代初訪渣甸山查宅，用滬語採訪，説話順溜，沒半點兒拖沓。上海老大哥周清霖早年來港訪金庸於山頂道大宅，滬語交談。回憶道：「人家講金庸閑話弗靈光，啥格事體，流利得勿得了格哉！」非獨不拙於辭令，還口舌便給哪！七十年代《明報》獨樹一幟，作家爭為副刊撰稿而不得。蔡瀾亦係其一，結果由倪匡施計賺得查先生青睞，得償所願。可明報稿費其實不高，以我為例，日寫千字，每月六百五十，他報日八百字，每月一千。可見差距。男作家心寬皮薄，不便作聲。女作家不同了，亦舒、林燕妮不服，雙雙要求加價不果，寫文章怒責金庸刻薄吝嗇、編輯大驚，請示查老闆。金庸回道：「罵由他們罵，稿子照登。惟稿費一個子兒都不加。」二妹不服，口誅筆伐。查大俠嘻嘻笑：「林姑娘，你有了錢亂花，加了也花掉，加啥！」又對倪小妹說「呀！倪小姐，你工作忙，沒時間花錢，加了不用，加啥！」兩大辣妹子啞言無語，乖乖，稿子照寫。金庸一生喜讀書，求學問。董橋悼他云：「金庸先生一生讀書，晚年還去英國讀博士，那是他的抱負他的心願。其實，金庸坐在那裏不說一句話依然是金庸，不必任何光環的護持。」正合我意。查老一去，文壇寂然，萬丈光芒何時重現，我問誰去！

淺說金、梁、倪三大家

《武俠世界》創刊以來，供稿的小說家，恆河沙數，計之不盡。出名的有：倪匡、卧龍生、諸葛青雲、張夢還、司馬翎等等，至於那些文名未顯的，更難細數，清單一張十尺長。有專家說《武俠世界》網羅港台所有名家，有點誇張，至少香港兩大新派武俠小說開創者金庸，梁羽生就未納其內。原因何在？簡略言之，金庸貴為《明報》老闆，身價自不同，從不為別家刊物撰稿；至於梁羽生，隸左派陣營，御用作家，豈容旁人沾手？就連老同事金庸求助也被拒。金庸跟我說過初辦《明報》，曾欲拉攏梁羽生，以雙劍合璧，天下無敵，業必有成，不意吃了癟。梁羽生幾經考慮，婉拒金庸好意。事後，梁羽生對友人說：「不是我不想幫老查一臂之力，而是我家食指浩繁，萬一有什麼差池，我會陷入困境。好馬難吃回頭草啊！」晚年梁老頗有悔意，非欣羨金庸發大財，而是盼能如他一般地享有更大創作自由和空間。梁老女徒楊健思老師告我「金庸寫韋小寶，鬼馬多端，機智狡黠，一下子擁七位如花似玉美妻，床上調笑，春色無邊。梁老那兒就不能這樣寫了！」事實上，梁羽生風趣幽默，平日愛開玩笑，遠比金庸逗趣。

梁羽生跟金庸是好同事、好朋友，和倪匡卻少有交情。原因是倪匡曾公開批評梁羽生——「梁羽生的小說不好看，我看不下去。」一直性子的倪匡毫不容情地批判梁羽生的作品。身為名家，分量自不輕，的而且確影響了不少讀者閱讀梁羽生小說的興趣。梁羽生的小說真如倪匡說得那樣不堪一讀？非也非也！舉《七劍下天山》、《白髮魔女傳》、《萍蹤俠影錄》三書，已是擲地鏘鏘有聲，有哪一點不如金庸作品？惟一生要為稻粱謀，成書三十餘套，水準自是參差不一，影響整體水平。然而僅傳世的那三本，已足為後學捧誦，專家鑽研。

眾所周知，羅斌不太喜歡金庸，原因有二：一是同行如敵國；

二則是和金庸撬走羅斌愛將倪匡有關。倪匡出身《真報》，本為小雜役，有一天碰巧台灣武俠小說家司馬翎斷稿，老總陸海安急得像鍋上螞蟻，問報社中人誰能代續？名作家龍驤不敢請纓，餘者噤聲，獨小倪匡舉手說「老總，我能！」一看是個小雜役，哪放心上！陸海安望着倪匡說不上話來。好個倪匡拍拍胸脯，朗聲道：「我來寫，先寫兩段讓老總過過目，好伐？」陸海安見情急勢危，姑且一試。第二日，倪匡呈上四段續稿，陸海安一看，嚇了一大跳，居然嚴絲合縫，毫無破綻，當下錄用。後司馬翎續稿到，陸海安愛才，問倪匡能寫長篇武俠小說否？倪匡天不怕地不怕，馬上答應。於是便有了年輕武俠作家「岳川」，文筆流暢，橋段曲折，很快吸引讀者注意，同時也勾起《新報》老闆羅斌的注目，竟開出高昂稿費拉他寫文章。倪匡遵命如儀。這就造就了香港奇情小說大家魏力，一系列的《女黑俠木蘭花》。

倪匡用魏力筆名撰寫《女黑俠木蘭花》，第一本《死光錶》

千字十元起，一路寫至千字百元，仍未饜足，要求再加。這已超過羅斌本身負荷，商議不果，舉手投降。倪匡投奔羅斌對頭金庸。由是羅斌不滿更大，從此你爭我奪，相鬥不休。五九年四月羅斌辦《武俠世界》，金庸見獵心喜，也來軋一腳，翌年一月發刊《武俠與歷史》，以之打對台。為求一挫對手，親撰中篇連載《飛狐外傳》，大師椽椽之筆，如泰山壓頂，勢不可擋，《武俠與歷史》銷路紅火，直逼《武俠世界》。羅斌左思右忖，心生一計，拉攏台灣名家卧龍生，購其《大華晚報》連載《飛燕驚龍》，易名《仙鶴神針》，更命卧龍生改筆名為「金童」，「童」、「庸」發音相近，擾人耳目。為求一擊即中，銳意創辦電影公司「仙鶴港聯」，開拍《仙鶴神針》，一集接一集，賣座空前，於是馬君武（《仙書》男角）之名，不遜郭靖，市場上金、羅平分春色。六十年從頭說起，白頭宮女話玄宗。

智者倪匡

算起來已有兩年未再見過倪匡了，記憶中最後一趟晤面，是在前年書展，他應邀上台見讀者。讀者問，倪匡答。妙語如珠，自詡蠢人，惹得哄堂大笑。倪匡好整以閒，一本正經的説自己是一個蠢人，引申下去：「蠢人有三種，一是自己知道是蠢人的蠢人；二是自己不知道是蠢人的蠢人；第三種就是自以為聰明的蠢人。」倪匡當然是第一種，你真的以為他蠢，才不呢！知道自己蠢的人，總蠢不到哪兒去，只有自以為聰明的，才是世界上最蠢的人（世人多類似）。問答完畢，眾人湧上台，我也被朋友推了上去。倪匡一見到我，張開雙手給我一個熱烈熊抱：「小葉呀！我倆許久未見了，今天倪太不在，我可以抱抱你！」本來是高興的，聽了這話，不期然發楞。三十年前，日夕遊樂，肝膽相傾，一一浮現眼前，這年月，何時何日才能重現？一時間我怔住了，瞧着倪匡發胖的身影，柔和的微笑，我陡地迸出一句話：「大哥，你不是什麼作家！」此言甫出，眾人皆大吃一驚，說倪匡不是作家？沈西城你腦子進水了！一向脾氣好得超乎異常的倪匡，也勃然色變。他的忠心粉絲施君狠狠地瞪着我，彷佛在罵：沈大哥，你亂嚼什麼舌頭，這麼熱鬧的場合，你搗什麼蛋？我不慌不忙地道：「大哥！你在我心中不是作家，而是智者。」一聽，臉色頓霽，瞧着我的眼睛，閃起光芒，心領神會，他同意了我的說法。

倪匡是智者，非我瞎說，有事實可據。倪匡棲居三藩市時，偶有通電話。某趟聊起金庸，告以查先生近日篤佛，鑽研佛經。倪匡哈哈三聲笑：「老查讀佛經，越讀越不通。」以為謔笑，嗣後深思，確有道理，佛經深，泥足陷，化簡為繁，自己難免也糊塗。倪匡七十後，健康不如前，遵友囑往看醫生。醫生見倪老爺子大駕光臨，診症特別用心，左按右壓，最後循循善誘，叮囑倪匡要注意飲食：什麼東西能吃，什麼東西絕不能沾，問可有恪守？倪匡仰天大笑：「小葉！醫生叫儂吃格，一定勿好吃，要儂勿好吃的，一定好吃！」至理名言。你可有享用過醫院的營養餐？淡而無味，食難下嚥，那有紅肉好吃！過了一陣子，又詣醫生，醫生要他減肥，不然有性命危險。倪匡瞇着小眼睛，賊嘻嘻地道：「醫生，我聽你話好不好？」醫生萬分高興，連聲説好，頑石點頭，喜不自勝。孰料倪匡接着問：「醫生醫生，我如果聽你的話，是不是不會死？」天下哪有不死的人，醫生如實以告「不會」。哈哈哈！倪匡三聲大笑，調皮地回答：「既然聽你話，也要死，那我何必要聽你的話！」醫生語塞，為之氣結。你以為倪匡跟醫生要賴？非也！想想：你聽話也死，不聽話也死，哪又何必聽，對嗎？再説減肥，醫生再三告誡倪先生不要再亂吃，這樣三高會飆升，嚴重影響健康。這回，倪匡一聽，肅然起立，敬禮鞠躬：「yes sir，我聽醫生話。」（老頑童真的聽話了，嘿！原來你也怕死的！）嘴裏客氣，這樣説：「倪先生，我是為你好呀！」倪匡一本正經地回説：「好吧！先吃完今晚，明天開始戒！」明天復明天，明天何其多，醫生氣得說不上話。

跟倪匡聊天，金句滿口，禪意、哲理並具。舉數例：「生病時，有錢好過無錢」、「錢非萬能，無錢萬萬不能」、「聽君一席話，勝追十年女」、「榮譽博士係一個侮辱」（哎喲！要死快哉！小葉終於茅塞頓開，金庸年逾八十苦讀博士，實緣於倪先生之言也。）細細咀嚼，諫果回甘。有人請教養生之道，倪匡回答簡單、直接：「想吃便吃，想睡就睡。」如今八十三歲的倪老爺子，日睡十六小時，剩下的八小時，分配如下：四小時上網，四小時吃飯、會友。老友金庸去世，有人要他說幾句，想也不想便說：「一流朋友，九流老闆。」（金庸必然修正：「一流老闆，一流朋友。」）胸襟寬廣嘛，哪會說出口！）有人罵他金庸去世，毫不哀傷，理直氣壯回說：「人人都要死，死是必然的事。他九十幾歲死，怎會難過？十九歲死，我就話難過啫！」洒落、坦率、靈慧，毋負智者之名。

卧龍生不如倪匡

在《武俠世界》撰寫小說的作家，論名氣、作品深度，首推卧龍生。他為《武俠世界》寫小說長達二、三十年，一位作家跟雜誌的關係如此深長，罕有！卧龍生原名牛鶴亭，河南鎮平縣人，一九三零年端午節出世，相熟朋友都叫他「卧龍」。卧龍生當過兵，沒打過仗，身體羸弱，看書自娛，讀而優則寫，五五年始習寫武俠小說，無非是些老套路，武林爭霸、恩怨情仇，不脫舊日窠臼。五七年，卧龍生以祖居南陽卧龍崗作筆名，漸為文壇認識。第一部作品《風塵俠隱》，投稿《成功晚報》獲刊。五十年代的台灣，經濟不振，民生困苦，當兵月薪五十四元，做個老師不外九十元。卧龍生登上報壇，成為作家，每千字十元台幣，一個月居然有二三百元的進帳，為當兵的六倍。於是兵不當了，改業全職作家，稿費每月逾千。治稿手快、蕭齋多暇，卧龍生迷上聲色犬馬，跑舞廳、逛酒家。燕青這樣描述他——「卧龍生初履歌台舞榭時，遇到第一個使他傾倒的舞國名花叫做金黛。當時凡是時常到舞場消遣的人，金黛的大名確是無人不知，無人不曉。卧龍生初履歡場，便遇到這樣的一位高手，又焉能不神魂顛倒？金黛一眼看到這個劉姥姥，已經心裏有數，只是一面之識，曾經幾度摟腰狐步，金黛便帶卧龍生返回香閨談心。美人恩重，卧龍生受寵若驚，金黛在有意無意之間，提及客廳中的沙發已經殘舊，使到貴客坐得不舒服，深為抱歉。卧龍生聞弦歌知雅意，第二天便買一套價值八千五百元台幣的舶來品高級沙發，吩咐店家送到金黛的香閨去。」出手豪闊，富翁不如。

卧龍生的小說，人皆推五九年的《飛燕驚龍》為首選，《武俠世界》亦曾連載，易名《仙鶴神針》，筆名亦改成「金童」，何故如此？有段插曲，是羅斌親口告訴我的。《武俠世界》創刊於五九年四月，不到數月，已為香港武俠迷必讀周刊，銷路大暢，因而引起金庸的垂涎，辦起《武俠與歷史》來。為求打開銷路，發載《飛狐外傳》、金庸出馬，誰與爭鋒？羅斌心顫膽跳，左思右忖，相中臥龍生那部《飛燕驚龍》。使出絕招「舊瓶新酒」，翻新可也。臥龍生寬宏大量，只求稿費可收，凡事可商量，於是《仙鶴神針》開始在《武俠世界》連載，筆名「金童」跟「金庸」同音，如此一改，畫出彩虹，《仙鶴神針》大受歡迎，羅斌乘時以「仙鶴港聯」名義開拍同名電影，聲勢更盛，一下子擋住金庸的攻勢。臥龍生晚年接受訪問時說「我的小說，我自己喜歡的有《飛燕驚龍》、《素手劫》和《金箭雕翎》。」有人粗略計算，市面上有一百多本簽名「臥龍生」的小說，他親身闢謠「其中只有三十九部為我所寫，其餘均為偽作。」台灣武俠評論家推許臥龍生對武俠小說有三大貢獻：其一，承傳了新北派各家的長處，既有還珠樓主變幻莫測、仙氣豐盈、靈丹妙藥、玄功絕武和奇門陣法；復有鄭證因的幫會組織，風塵怪傑；更令人叫絕者，居然傾情悲劇，小說有王度廬況味，間中還夾雜着朱貞木別開一面的眾女追男的情節，可說是民初北派小說的「大雜燴」。其二，卧龍生不少武俠名著，寫各派爭奪秘笈，正邪相鬥，絲絲入扣，成為六十年代台灣武俠小說的普遍模式，影響深遠。其三，卧龍生的武林九大門派和排名的說法，稍次於《射鵰英雄傳》，卻是一石激起千層浪，到今日，仍有不少後進武俠作家爭相仿效。

卧龍生和諸葛青雲可說是一對難兄難弟，手握一管，寫出彩虹，又不甘於現狀，偏要跑去做生意，結果一敗塗地，碰得一鼻子灰。卧龍生拍電影、電視，虧多賺少，於是從青雲直墜地獄，變成兩袖清風，晚年更是百病纏身。身為好友兼老闆的羅斌，心如刀割，長長嘆口氣道：「寫文章的人，通常犯了兩個毛病，一是不安份；二是想做生意。文人哪懂做生意，結果嘛，搞到一敗塗地。唉！還是倪匡聰明，跟他們一樣到處胡鬧搗蛋，就是從不奢望做生意，腦子比他們強多了！」羅斌還是喜歡倪匡的！

研讀衛斯理

上海小友現都管倪匡叫倪老爺子，由小倪匡，倪大哥到倪老爺子，耗去多少個春秋？我不改習慣，一直叫「倪匡兄」。算算相交近半世紀，近年殊少往來，友誼在心中。倪匡著作甚夥，最負盛譽者莫如《女黑俠木蘭花》和《衛斯理傳奇》，前者六十集，後者一百四十五個故事，誠世界紀錄。最近杭州小潘在東南亞某酋長那裏，淘到了第六十一本《木蘭花》——《魔鬼海域》。諸葛慕雲以之跟昔日出版的六十部仔細排校對比，確定「是一篇以前沒有看到過的，以前任何一套木蘭花全集故事，都沒有收錄這一部。」我相信倪匡自己也不知道原來《女黑俠木蘭花》並非六十本，而是六十一本。我更狐疑日後會否有第六十二本的出現？因為倪匡兄當年氣盛筆健，自己也不知其數。某年某日，我出示一部小說，是他寫的，詢及內容，搖頭道：「弗記得哉！」小說內容不復記，卻甚少重疊，真是奇哉怪也。我嘗以為《女黑俠木蘭花》源自《女飛賊黃鶯》，倪匡極力否認，還有些不悅地說：「小葉，我寫得比小平好得多！」倪匡兄發火，非同小可，我彎腰打揖，笑哈哈道：「你老說得是！」心底不作如是想。在我寫的《我看倪匡科幻》一書裏，有「以為木蘭花出自女飛賊黃鶯」之語，竟給倪匡用紅筆刪了。（倪匡崇尚創作自由，他過目的文章，從不橫加斧削，這大概是唯一的例外吧！）如今，《木蘭花》熱度跌了，論者多以衛斯理為主，研究者眾。敝帚不自珍，要說到衛斯理專家，咱沈大哥還能算一個！而且是最早論述衛斯理的專家。早在八十年代初，已寫了兩本專門研讀衛斯理的「大著」，便是《我看倪匡科幻》和《細看衛斯理小說》。前者台灣遠景出版，後者香港天聲發行。說來湊巧，兩位出版社老闆大抵都已在地球上消失了。前者遠景沈登恩歿於肝癌，英年早逝；後者天聲鄭雪魂（多詩意的名字，卻是個虬髯客。）負債累累，人間蒸發，打八三年起，迄今已三十六年。道左若相逢，怕亦認不得廬山真面目。這兩本「大著」其實都是急就章之作，前者四天寫畢；後者稍慢一點，也不外是一個禮拜。形式採自《倪匡看金庸》一書，短小精悍，有捧有批。倪匡說得好，只讚不彈，民斯為下矣，誰看？這兩本書，寫得稍好的，是對《眼睛》、《頭髮》和《尋夢》的分析，餘因趕稿，平平無奇。因為偏嗜此三作，用心研讀，寫來得心應手。到目前為止，衛斯理著作中最愛讀的仍然是這三部罕有佳作，尤其是《尋夢》，時空交錯，井井有條，一看難忘。

衛斯理圖書系列

台灣後來有個葉李華，從心理角度看倪匡，還續寫衛斯理，正好犯了我續寫原振俠的老毛病——狗尾續貂。我八年病亂，因而悟得：前人之書，絕不可續。倪匡說過「小葉，你既能寫，何不自創一個人物？」少不更事，不納忠言，捱了記悶棍。吃一塹長一智，小說不再寫，專攻掌故，輕輕鬆鬆，自家舒服。近年上海冒出一個小壽頭，署名「藍色手套」（小王），專事研究衛斯理，自一四年起到一八年，整整花了四年時間，梳理衛斯理系列當中人物腳色，寫成《倪匡筆下的一百零八將》。前幾年豐林出版社重印我舊作，將遠景和天聲二社出版的「大著」合為一冊。我央藍色手套寫一些，他就忙獻寶。看了，嚇一跳，這個小弟弟迷衛斯理呀，迷到昏了頭，居然連衛斯理吃什麼、穿什麼？也清楚地勾勒出來，用心之專，治文之勤，沈大哥自嘆弗如。小王工餘有暇，不喝酒唱歌，埋首書房，寫的盡是有關衛斯理的文字。最近出了兩本書，一是台灣風雲文化的《來找人間衛斯理——倪匡與我》；其二是香港天地《倪匡筆下的一百零八將》。倪匡不避嫌疑，序之曰——「小友藍色手套者，衛斯理專家也。對衛斯理故事之熟知，宇宙三名之內，而本人區區在下，反而不在這三名之中，這種怪事，也只有在衛斯理故事周圍才會發生。」隆而頌之，實非虛捧。

劉以鬯的情人們

浙江鎮海文人、現代文學泰斗劉以鬯先生去世矣，享年九十九，可謂永壽。近年先生少露面，文化活動鮮有參與，間時散策，亦限於所居太古城，偶然信步所至來到蝸居杏花邨。四年前在商場遇先生，趨前招呼，他還認得我，微笑打招呼：「葉關琦，好久不見了！」扳指一數，的確有二十多年了，鄉音無改鬢毛催，童真聲容仍可辨，先生錚錚君子，老得清雋挺刮。已停筆耕，不再伏案，生活舒適寫意，惟不改每天看書習慣。「這個習慣改不了，從上海帶到香港，一日不可無書。」先生瞧着我，大抵想起了多年前的舊事吧！七二年秋我遊學日本，幾乎每月先生都給我信託買中國現代文學書籍。

東京神保町鈴蘭通有間內山書店，內山完造後人經營，我常去串門子，跟老闆娘熟稔。五十來歲，能講一點國語，其時我的日語水平不高，一少一老，只好半中半日，東南西北地閒聊起來。店內善本頗夥，包括不少中文絕版書，最為先生所喜，不問價錢，都要入手。通常是先匯一筆錢過來，我買下郵寄，款項不夠，我先墊支，先生再寄還給我，銀貨兩訖。先生知我在日本生活困難，約我為他所編副刊撰寫「日本雜記」，稿費所得，多花在神保町書店，內山以外，書泉是我花費最多的場所，生活艱辛卻充實。

某天，在內山遇到二松學舍大學教授本橋春光，正埋首尋覓現代中國文學書籍，欲迻譯一二作為學生們的課外參考。我見他撿上手的盡是魯迅、茅盾、冰心，頗不以為然，大膽進言，勸他挑一些別的：郁達夫、徐志摩、朱自清，曹禺……一大堆。本橋教授很感興趣，拉我到附近的喫茶店坐下，要我推介現代中國作家作品。我在《港日文字緣》一文裏曾這樣說過——「我立時想起了劉以鬯先生，他是快報副刊主編，同時也是香港有名作家，對五四時代文學有着深邃的認識。回家後立刻寫信給劉先生，詳告經過，並請他代為搜尋有關作品。很快就接到了劉先生的信，大意是『提議甚好，五四漏網作家甚多，當會盡力搜尋奉寄。』」不多久就寄上不少作品，沙裏淘金，最後選定了魯迅的《藤野先生》和《孔乙己》、師陀的《期待》、七等生的《跳遠選手退休了》、王文興的《缺點》、劉以鬯的《對倒》、黃春明的《兒子的大玩偶》和姚雪垠的《差半車麥稭》。這裏頭的中、港、台老中青作家，除了魯迅和劉以鬯外，那時大多不為人知，可見劉先生挑作品，重質不重名，先生名作《對倒》就在這樣情況底下給翻譯成日文，收錄在七五年出版、本橋春光譯述的《現代中國短篇小説選》裏。七五年本橋教授曾給我一函云：「西城先生：我最後動用了自己的積蓄，拜託榮光社印製了這本小書。劉先生和黃先生（俊東）處已另封奉寄了。謝謝你的賜助，我永遠忘不了我們在神保町喫茶店裏並肩奮鬥的光景，希望我們再會有合作的機會？春光謹拜。」書出版後，並沒引起預期的反應。七十年代日本文壇對中國現代文學的認識僅局限於

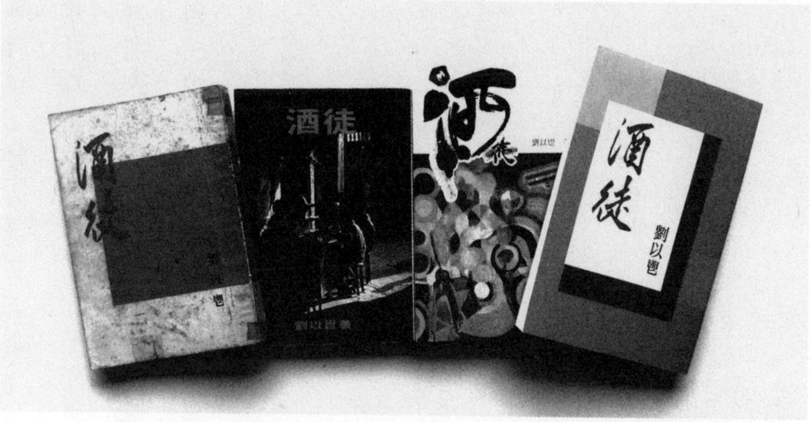

《酒徒》的不同版本

魯迅、茅盾和郭沫若的領域裏，其他那些才華橫溢的中國作家並未得到應有重視，因而遺憾地我跟本橋教授也就沒有再合作的機會。許多年後，接到日友來信，方知本橋教授已去世，臨終仍為未能翻譯第二本書而抱恨。先生念本橋，望能來港一晤，此願終未遂，先生亦隨故人去。

先生名著《酒徒》為中國第一部意識流小說，成於六二年，受徐訏《荒謬的英法海峽》影響頗深。有評論說——「徐訏並不是僅僅想要給我們講浪漫故事，而是要借此表現人，表現人的生存狀況。浪漫的愛情故事背後，是對理想的追求和哲理的思考。在《荒謬的英法海峽》中徐訏為我們虛構了一個理想社會。」在《酒徒》裏，我們大約也得到了相同的啟示吧！先生寫作等身，一生最愛的是妻子，可偶爾出軌，也有鍾愛的情人們，便是數之不盡的書籍、郵票和陶瓷！

標題高手話雷坡

老朋友們一個接一個走了，雖云人生必經路，哀傷難免。老友某日傳噩耗：雷坡兄遽逝香江，來得突然，心悸不寧。近日哀悼雷坡文章頗夥，大多推許彼是撰寫娛樂報導的尖頂高手，寫照傳神，點綴渲染，躍躍如生，倨紅樓主之名，豈是浪得？七零年，我無職無業，同學鍾錦江見我好投稿，引我去見他父親鍾平先生，乃報壇名宿，時為《晶報》督印。《晶報》屬左派體系，當年左報分兩大類，一為官方傳媒，凡事以中央馬首是瞻，不得逾矩，《大公》、《文匯》屬之，因言論偏頗，銷路不暢；為求招攬讀者，刻意通俗，迎合大眾，遂有第二類左報出現，此即為《晶報》和《商報》。我家訂三份報紙，《成報》、《商報》和《星島晚報》。《成報》看呂大呂繡像誌異，《商報》迷徐佳鐸球圈軼事，《星晚》追俊人小說，反而跟《商報》並肩的《晶報》不常看。不高、微胖的鍾伯（尊稱）不以為忤，說我篤厚，有文人氣，教我帶些習作與他看看。我挑了些自以為可以的小文遞了上去，他看過後說：「還可以！」二話不說介紹我去黃品卓醫生創辦的《新女性》寫稿，稿酬不俗。黃醫生千金黃錦娟是女明星，我特意為她寫了一篇訪問，黃氏父女都很高興。

數月後，鍾伯怕我稿費不夠花，要我去寫《明報周刊》，《明周》是名牌，有那麼易？鍾伯一挺胸，笑道：「包在我身上！」過了兩日，黃昏向晚，鍾伯帶我逕上北角南康大廈頂樓，在狹隘

雷坡

的編輯部，我第一次遇到雷坡，氣宇閑雅，頗有名士風度，鍾伯道來意，雷坡聲聲好，寫什麼合適？雷坡提議寫名模。可我不認得名模，卻又不能塌鍾伯的台，硬着頭皮找許珊男友葉大偉解困，終於得訪Top Model陳幗儀。幗儀逸韻風生，媚麗欲

絕，張保祿手上閃光燈不斷。面對麗人，文思泉湧，下筆千言。報導很受歡迎，功不在我，乃在一幀照片的標題。幗儀衣比基尼，斜倚礁石，頭向藍天，足沾綠水，風吹浪動，湧向胯端。好個樓主，揮筆註曰——「尋潦入洞」，細細體味，春意盎如。這手絕活，得自《晶報》筆聊生（陳霞子）真傳，旁人難以比肩參儷。

風雨憶故友

風蕭蕭，春料峭，憶故友，遣寂寥。投身文字界，歷有年所，益友不多，雷坡是其一，早年入《晶報》當記者，少不更事，一日奉派機場採訪，舉機攝影，卡嚓卡嚓連拍飛機竟耗菲林三筒。事為採主所悉，戟指怒斥，上呈督印鍾平。以黃毛小子不知天高地厚，不宜為記者，欲解雇之。雷坡抱拳苦求，下不為例，鍾平臉慈心軟，收回成命，雷坡遂得列報界門牆。晶報主筆陳霞子，筆名筆聊生，為嶺南健筆，詞藻縟麗，文氣磅礴，素為報業中人景仰，雷坡得附驥尾，耳濡目染，學得一手好文字，尤擅標題，堪稱絕藝。歡場爆發一夜七御事件，雷坡覓得女主角紅眉秘訪，盡吐經過，哄動報壇以外，更為金庸相中，乞陳霞子借人，一借，大江東去不回頭。雷坡出任《明報周刊》老總，以在晶報所學傾報之，事半功倍，讀者受落，銷路急升。金庸不諱言：《明周》洛陽紙貴，雷坡兄居功厥偉。《明周》名氣大，編輯部則偏處一隅，寒傖侷促，連雷坡在內，工作人員不逾六人，劉小虞主行政，臂助不小；戴振寰、鍾玲玲幫理編務，所刊文章，大多外求。我為《明周》寫稿，先主從雷坡，後跟戴振寰聯繫轉達，約每月兩篇，文字、圖片皆算上佳稿費。

八三年巨富王德輝被綁，全城關注，我因王德輝為父親徒弟，對彼未發跡前生活知之頗詳，欲撰一文誌之，雷坡拍腿叫好：「你用心寫，一切從優。」一口氣，二千來字，述相識原委。王妻小甜甜龔如心為母親易通英專同窗好友，母長十二歲，小甜甜視為姊，時相過從，幾乎每夜來訪，衣着隨便，天熱，王德輝赤膊上陣，小甜甜T恤短褲，一派閑適。文章刊出，大受歡迎。月初往領稿費，多出一大截，怕會計部錯算，電問，雷坡哈哈兩聲笑：「傻仔！加你稿費不好嗎？」我激動得說不上話來，那年代加稿費何其罕有。工作多，酬酢夥，雷坡患上TB骨，遠赴台灣「榮總」療養，金庸擔憂，留職支薪。身在病榻心在《明周》，遙距指揮，劉、戴、鍾三英雌，每日電話匯報編務，沒有雷坡的日子，《明周》依然一枝獨秀。過不久送稿，巧遇瘦了一磅雷坡，伸手握，一別三十餘年。雨淅淅，花落又思君，敢問：天界可安好？

松本清張一二三事

「沈君，你這麼瘦，要多吃一些啊！」四十年前松本清張老師在廊下揮手送別我時，忽地掉出了這句話。四十年後的今天，朦朧中又在我耳邊響起來。近日看了松本清張紀念館的特輯，重新跌進思憶的網，緊緊罩住，再也甩不掉。一九八八年我訪先生於他高井戶大宅，未進門已鬧了個不大不小笑話。撳過門鈴沒人應，見側邊有道小門，貪方便，毫不猶豫地鑽了進去，來到玄關，碰到女中，好奇地問：「先生，你怎麼進來的？」據實以告。女中噗哧一笑，曖昧、蠱惑。一分鐘後，在那面積不大，古氣盎如的偏廳枯等一會，松本先生翩然而至，左手萬寶路、右手登喜路，朝我神秘兮兮笑，笑啥？難道臉上沾了灰？下意識地動手抹。先生道：「沈君！聽說你從小門那裏走進來，對嗎？」我點點頭。「那你可知道那是什麼門嗎？」先生問。哪會知道？先生哈哈笑起來：「那是給狗兒走動的呀！」（唷！我變成狗啦！）挨到我笑起來。相視一笑，距離拉近，為我此行目的鋪上順利之路。

最近日友高橋政陽告我八十年代中期，曾引內地翻譯家往訪松本，滿以為是一趟快樂的訪談，不料碰上一鼻子灰。翻譯家得意洋洋呈上先生譯本時，松本看了眼，板着臉道「呀！你倒翻譯了我不少作品，那應該賺不少錢吧！可我一文也沒收到。」不滿之情，溢於言表，場面尷尬。先生似乎孳孳重利，實則不然。我告高橋，那趟先生譯作和改編電視版權全不收錢，慷慨大方，豪氣吞四海，絕非守財奴。可為什麼展示兩副不同的臉孔呢？依我看，原因有二：一是先生覺得那位翻譯家事前沒跟他打招呼，擅自翻譯，有失尊重；其次是先生的誤解，在他心中香港乃彈丸之地，文化發展有局限，因而對我厚待：香港地方小，賺不了錢，我免費送與你，條件僅一個：要認真做好。可中國不同，地大物博，人口眾多，讀者不少，出版他的小說，必賺大錢。你腰包滿盈，我沒一文，公道嗎？

先生錯矣！中國雖大，日本翻譯小説，其時銷路未鬯，情況只比香港好一些，一刷，一至兩萬冊而已，絕不可跟日本動輒數十萬冊相比。先生出生貧苦，最憐平民，作品常為他們伸冤，焉會着眼於蠅頭小利？彼此一場誤會。

先生做小説，事前有寫筆記習慣。年輕時，愛四處遊覽，搜集資料，隨行有黑皮筆記簿一本，每看到有用資料，隨手摘下。成名後，稿事繁忙，就仰仗秘書和出版社職員代勞。我在他書齋裏看到滿桌資料，都是各大出版社、報館傳過來供他閱覽的。松本說：有了傳真機，傳資料很方便。七八年先生已備傳真機，龐然大物，眼界大開。面對一大疊資料，先生長長嘆口氣：「我只有一管筆，哪寫得這麼多！」唏噓不可禁。先生嗜甜，我到松本府作客，除了奉上滿盤壽司，還備有各式甜點，彼最喜福岡太宰府市的「梅園」果子店。友人

松本清張

近日遊九州，慕名往詣「梅園」，跟店員閒聊。店員說先生最愛吃「寶滿山」、「東風梅」和「梅守」。我也吃過，尤以「寶滿山」最好，經冰箱一藏，取出吃，風味絕佳。店員滔滔不絕：「先生昔日每來福岡，都會親自購買，移居東京後，路途遙遠，便由小店寄奉，大抵一年兩趟。」「梅園」百年老店，松本以外，《雪國》川端康成和《歸鄉》大佛次郎也是常客。友人告以店員我曾見過松本先生並有作品藏於松本紀念館，一聽，忙欠身行禮，不住說：「是松本老師的朋友，一定是了不起的人物哪！」一臉敬佩，友人不好意思，趕忙欠身還禮，你欠，我也欠，一路欠身出店門。唉！勿論有名或無名，日本人還是比咱們尊重作家的。

萬葉到令和

四十六年前的東京，四月天氣，暖和清暢，偕秋子遊上野。在小坡上看到密茂粉櫻，花瓣沾霜，風吹，霜飄瓣飛。秋子悲時興嘆，隨口吟道：「世上若無櫻，心情歡暢多安寧，不怕花期訊，何地何時睹倩影？花落更傷神。」這是平安朝不羈詩人在原業平的短歌，喜櫻又怕櫻，愛恨交乍。櫻花命短，打三月下旬綻放，四月初已呈頹態。秋子說「葉君，再過些日子，你看不到櫻花，也就看不到我。」蒼白的臉，楊柳的腰，黃台瓜何堪摘？三日前，陪她往東京大學病院，駐診大夫善意說：「櫻田小姐，請盡量享受人生吧！葉君，你既是小姐的好友，請盡照顧之責！」這就有了上野賞櫻之旅。四月底，秋子離世，我將一朵櫻花用素絹包好，放進白棺，深埋泥土，花不再開，人不重生。

秋子好誦詩，尤喜《萬葉集》，搜集四至八世紀日本各地詩句，採風問俗，可比詩經。全書凡三十卷，共收長、短歌四千五百餘首。民國錢稻孫先生仰慕甚，動手迻譯，是為中國第一人。雖是選譯，仍為士林所重。今人大多不知錢稻孫其人，可說到他的堂叔錢玄同、堂弟錢三強，那就無人不識。周作人說過五四時代，中國人日文學得最好的作家，只有兩人；一是錢稻孫，其二便是陶晶孫，晶孫先生的日語比日本人更地道，日本人都誇他。秋子性近林黛玉，痴情《萬葉集》，日唸夜吟，多愁善感，鬱結成疾。平成將盡，德仁繼位，改號令和，源自五卷大伴旅人《桃花歌》第三十二首其中二句——「初春令月，氣淑風和。」寓和諧之意。學弟周七根謔說「從詩句中我看到了西城學兄！」果如其然乎？周君用綠筆圈出「風」和「月」以示我，確未失實。今趟天皇登基，有二事破傳統，首是先王仍在，太子繼位，為歷朝所未有；次為年號非出自中國傳統文學而由本土典藉代之，為破天荒的創舉。有說戰後日本皇室已無實權，僅作為象徵形式而存在，惟日人敬重天皇，新舊天皇交替，仍是舉國大事。

這裏不妨說說皇位繼承儀式，分由踐祚式、即位式及大嘗祭三部分構成。十九世紀末，日本面對政教分離衍生的問題，皇位繼承式不得不多方變更。踐祚式遂改名「皇位繼承之儀」，一九八九年一月七日裕仁天皇駕崩，隨即舉行「皇位繼承之儀」，內容無變，新天皇在當天繼承象徵皇位的三神器：天皇隨身攜帶的天叢雲劍與八尺瓊勾玉，另一項神器八咫鏡則供奉在賢所，不可移動。九日舉行「即位後朝見之儀」，新天皇在松之間會見三權首長和國民代表。按俗例，新天皇繼位前需服喪一年，稱為「諒闇」。今趟上任天皇仍存，德仁天皇當不用服喪，可立即在賢所（Kashikodokoro為皇居內供奉天照大神的御神體神鏡的場所）報告即位和大嘗祭的日期。

到正式舉行「即位禮正殿之儀」日，上午新天皇會在宮中三殿（賢所、皇靈殿、神殿）向眾神報告即位。下午一點開始在正殿松之間舉行盛大儀式。新天皇身穿黃御袍，登上高御座宣佈即位。列席高御座下方者是皇太子等男性皇族，御帳台下則全為女性皇族，來賓多達二千五百餘人，包括國內各界代表、各國首腦及代表等。天皇宣完「即位致辭」後，由總理大臣致「壽詞」，其後出席來賓高喊三次萬歲，陸上自衛隊則會於北之丸公園鳴放二十一發禮炮。松之間儀式結束，下午三點舉行「祝賀御列之儀」，天皇與皇后陛下搭乘開篷汽車從皇居正門的二重橋遊行至赤坂御所，沿途萬千群眾揮手熱烈祝賀。晚上接連舉行三日晝夜「饗宴之儀」，另外在赤坂御苑會有園遊會。皇室繼承儀式繁雜隆重，日本國民視之為樂事，秋子亦然，生前渴望能親睹天皇登基。生不逢時，裕仁即位，未在人世；明仁承繼，早離塵寰。小林一茶俳句云——「在櫻花蔭下，不會有陌生人！」秋子，你永遠不會是我的陌生人！

（作者按：部分資料擷取自澤田浩氏文章）

舊日書店情

四十六年前，不管春夏秋冬，一到週末，都會去逛神保町舊書街。乘山手線在神田站下車，若想節省腳力，可轉坐巴士，一兩個站便到埗。寓獵書於運動，我多選徒步。每走過明治大學，那古氣盎然的巍峨校舍，都會讓我不期然地發起思古幽情。抱着這種心態走進舊書店，更能體會獵書的樂趣。愛到靖國南街的「三茶」書房，這是日友日野啟三（曾獲芥川獎）作出的介紹──「沈君！你既然那麼喜歡江戶時代的風物，那麼神保町的三茶書房，你非得去看看不可。那兒有你喜歡的浮世繪。」三茶書房店面不大，舊書排列雖不整，找書不難，易得心頭好。菱川師宣畫集開價一萬日圓，窮書生買不起，卻又依依不捨，只好打書釘。店員心地好，過來推薦──「也有較便宜的，一千五百元。」手指不遠處的木桌子，上面放着菱川師宣小冊，翻開看，都是《回眸美人》的姿影，體態豐華，艷如芙蓉，哪能不買！攜回家臨摹幾幀，復得草苗幫忙着色，居然不賴。她戲説：「坊っちゃん（少爺），你是小樣的菱川師宣啊！」草苗去世已四十四年，她口中的小樣菱川師宣，已成垂垂一老翁。既來到神保町，不能不去「東陽堂」，中了知堂的催眠，要查找日本女性的國民性，那非得看井上清的論著，買下《日本婦女史》（三一書房）翻了半部，酡然欲睡。性遠學術，還是翻看福永武彥的小品愜意。回程走訪鈴蘭大街的內山書店，去得頻密，早跟老闆娘混熟，聊起她的大伯內山完造：「死也要死在中國，唉！真是太愛中國了。」老闆娘深情地説。每來內山，都肩負着任務，為劉以鬯和黃俊東兩先生購書。店內舊書琳琅滿目，可所需絕版書不易覓得。老闆娘堆着歉意的笑容：「葉San！我盡量查找看看，下個星期你再來，可好？」

日本養成的習慣，回港後仍未斷，閒時也會去逛舊書店，不像日本那麼具規模，香港舊書店雜亂無章，東一家，西一所，往來費時。承俊東兄好意，介紹了兩家：灣仔「波文」；油麻地「實用」。「波文」老闆黃孟甫，福建人，年齡跟我相仿，很談得來，一個星期總會去一兩回，沒客時，坐在逼仄的店堂間，喝茶，聊天。「波文」有不少絕版書，供不應求，孟甫就重印，賣出後，跟供書者分賬，倒也公道。簡鐵浩校長是藏書家，供書最多，還有掌故大家高伯雨老先生和黃俊東亦盡了不少力，非為牟利而係傳承。司馬長風告訴我「不少新文學資料都是黃孟甫先生義務提供的。」孟甫對文人抱有一定的尊重。後來，擴張過急，印書太多，週轉不靈，被迫結業。這之後，再也沒見孟甫了，一算，四十多年矣，故人無恙？「實用」龍老闆一等一的好人，那時我迷周作人的小品，手邊僅得《雨天的書》、《夜讀抄》和《苦茶隨筆》，心有不甘。龍老闆一力擔承：「包在我身上。」一番辛勞，終於集齊。一列知堂小品排在小書房書架上，井然有序。挑燈夜讀，遇好句佳言，即用紅筆圈下並注批，吟誦再三，苦思其意。搬家了，妻把它全送人。多年後，努力蒐集，僅得數半，幸好《知堂回想錄》還在，不然死難瞑目。

多年前在一個晚宴上，我認識了王氏兄弟，經營「上海書局」，一談投緣，邀我去干諾道西的一幢舊樓上的書店看看。面積廣，天頂高，中央一排長木桌，天花板底下東西牆角拉鐵線，縱橫交錯，一端有鐵夾，用作傳稿件，方便實用。小王先生告我，上海「北新書店」也是同樣格局。在香港，「上海書局」唯我獨尊。我跟「波文」和「上海書局」有段淵源。前者出版我處男作《梅櫻集》集；後者發行了我的推理短篇《怪蛾》，都是白頭宮女話玄宗的舊事了！王氏兄弟如今可安在？不敢尋問。正是：回憶曩昔，都如夢痕。

附記：「國風堂」去矣，舊書店又弱一家，悲哉！

窩書海　樂悠悠

「沈西城先生，我是《蘋果日報》編輯，姓鄭，董橋先生想請你寫一篇關於小甜甜的文章，可以嗎？」龔如心女士逝世後不久，我接到這樣的一個電話，來意表達後，自不會拒絕。一來龔如心是我的阿姨輩；次則能借一角方塊寫她，也是我的心願，就寫了「年輕時候的小甜甜」，橋兄厚我，刊在顯眼的港聞版。小甜甜發跡後，一舉一動備受傳媒關注，她的現況，人所共知，可年輕時的生活，知之者不多。家父是王德輝的師父，機緣巧合我十歲時已認識王氏夫婦。男的俊朗，女的婉柔，拖着一頭臘腸狗，每夜朝我家門闖。日子一久，我就「auntie auntie」地叫得價響。乖吧？所得回饋不外拖肥糖兩三顆，想上茶樓吃蝦餃、買新奇玩具，甭想！這篇文章看的人不少，並未為我帶來為《蘋果》寫稿的契機。一路要到一零年投稿週日《蘋果樹下》，獲董橋兄採用，這才成為《名采》一份子。隔了一段時日，我參與一個文化界飯局，有一個鬍子長得比我還長的中年男人走過來打招呼：「我是鄭明仁，還記得我嗎？」聲音依稀可辨，臉容陌生，一時真想不起來。鄭明仁狡黠一笑：「哈！我見過你，你可未見過我！」坐下交談，方知他就是多年前那一位鄭姓編輯。相逢不如偶遇，我們雙手緊握，展開了一段友誼。

鄭明仁那時已退了休，賦閒在家，偶然當義工。我見他精旺體健，大可多幹幾年。明仁嘆口氣：「西城兄呀——我做傳媒幾十年，夠了，現在我要做自己喜歡的事。」喜歡的事是啥？就是買書、藏書、看書。明仁積財有道，在康山一帶置了個幾百呎房子，不作居停，而為書藏。幾百呎的房子，拿來住人，多好！偏偏咱們明仁大少爺卻把它築為書海。我愛書，從不藏書。蝸居幅仄，容不下書，只能納下喜歡的書和工具書。明仁不同於我，只要對眼，即購入珍藏，時代橫亙久遠，民國時候的《良友》到近代香港的《新知》他都有所藏，難道真想跟四大名閣：北京文淵、瀋陽文溯、承德文津、杭州文瀾等較勁？你想找什麼書，在他汪洋一片的書海裏，伸手撈去，大抵不會空手而回。其時，我已着手寫懷舊文章，每遇資料難求，都會向明仁求助，他二話不說，十分鐘內弄妥，難怪亡妻要說明仁大哥快過google。日本朋友研究六七十年代香港情色小說，尤重夏飛。夏飛我不多聞，乞明仁代籌謀，即送上資料並附一本夏飛大作。原來夏飛是一個共同筆名，執筆者有數人之眾（註：有關夏飛，傳聞紛紜，有說是女性，亦說是神秘作家，迄未定論）。若非明仁提點，我一直蒙在鼓裏。我住杏花邨時，明仁午間偶來商場咖啡店，跟我聊天，內容不離書。藏而後撰，說受我影響（那敢當），寫了一系列的香港舊聞，資料詳盡，鋪排精細，還原舊日香港面貌，裨益後學。

明仁記者出身，有職業本能，只要你話中有他感到興趣的題材，必然「打爛沙盆問到篤」，我就吃了他一記重棍。某次茶敘，口快說了劉以鬯先生昔日截我的稿。這位大少爺，眉頭一皺，計上心頭，就來一篇《劉以鬯腰斬沈西城》。題目駭人，談論者眾，也虧得他這篇鴻文，讓我知道事實的真相，我錯怪了劉先生，後悔莫及，今天只能再說聲「對不起」。明仁命大福厚，前年感冒菌侵肺，險赴修文之召。在醫院住了三個多月，幸得醫療隊悉心照顧，終於像曹聚仁一樣浮過了生命海，重投人間，筆耕不輟。他日夕窩藏書海，喜洋洋，樂悠悠，一派自得。積書越來越多，鬍子越長越長，添一襲藍青長衫，便是林下名士！

那一頭銀髮，悼柯振中

「你的老朋友柯振中過了！」文友打來電話，說了最不愛聽的噩耗。「什麼時候的事？」我按捺住傷感。文友戚然回答：「今個月十一號，在美國，原因不明。」這兩三年，振中來港頻密，見面從未說及健康，精神抖擻，滔滔不絕，哪有半點病徵，咋地一下子過了？再想想世事多變，生死不由操控，也就釋然，隔空說一句：走好！聚散匆匆，莫牽掛。能不牽掛？

我少年時，喜歡投稿，《中國學生周報》、《青年樂園》、《當代文藝》、《天天日報學生園地》……一大串兒，十投九不中，成籃底冤魂。母親責令我跟隨父親學建築生意，去了地盤幾趟，嫌髒，還是握筆潔雅。母親怒了，埋怨：「關琦：依媽媽看，儂哪能寫也寫不出啥名堂，看二阿姐投稿，百發百中，儂隻小鬼……唉！甭講哩！」我涎着臉：「姆媽！讓我再試試，再勿來勢——」還未説完，母親已暴跳如雷：「滾儂格蛋，儂到底想哪能——」天呀：天雷響，暴雨來，走為上着，一溜煙跑了，背後響着吼聲：「小鬼頭，有種勿要轉來！」（唔返未唔返咯，有寶呀！）邊跑邊詛咒，呸！一於奮戰到底，永不放棄。六十年代文社多如過江之鯽，許定銘云：「香港的文社熱，最蓬勃的時期是一九六三至六八年間……組織成員大部分是中學生，還有少部分則是大專生和在業青年。一些較大，組織完善的大文社，像阡陌、同學文集、風雨、晨風、芷蘭、藍馬……以至後來的聯合組織文社線等，都有這些活動，而且都辦得相當不錯。」《風雨》帶悲戚詩意，遂投稿去，又成冤魂，促使我成冤魂的許便是風雨舵手柯振中吧！

許多年後，在一個文友聚會上遇到柯振中，高瘦飄逸，舉止從容，身邊滿圍男女文藝青年，只能遠看不能近觀，未得識荊。時光飛逝，來到二〇一五年中，思遠請飯於「金牛苑」，座上有一位銀髮文士，瞧我一眼，便伸手用力相握：「沈西城，我是柯振中。」

熱情如火，恍如老友重逢。我愕然，有些兒受寵若驚。喝了兩杯，才知道近幾年他有看我的懷舊文章，請他多指教，連說不敢，還是說了：「人寫懷舊重資料，你兼及感情。」觀察深邃，一箭中鵠，合什致謝。禮尚往來，我道達對《愛在虛無縹緲間》的傾慕。再談下去，方知已成美國公民，間中飛港，栖居尖沙嘴，不過喜歡的是舊區，既傳統又洋化，又如花旦穿洋服。哈哈！我也迷戀尖沙嘴呀！振中抬抬眉，揶揄地說：「你說的是酒吧吧？」唷！連他也以為我是浪蕩子，人言的確可畏。大抵看到我那不以為然的神情，立馬說：「我看過你那本《歡場滄桑史》！」跟住朝我眨眨眼（小子，還想抵賴不！）放下酒杯：「不過你實非一般歡場客，你同情青樓女子，那篇《可憐的流鶯》看得我濕了眼，是真的嗎？」真，比珍珠還真。日本作家永井荷風長年孵在吉原遊廓妓女香閨，不問世事，只求相知，有言云：文章不在文字，在於感情，我仿之不成器，大抵變成東施，告以振中，相視大笑。

一六年，梁科慶為我在中央圖書館辦了個文壇浪子個展，振中偕盧文敏同來。看畢，到附近小餐廳喝咖啡閒聊，談到文字，純文學作家身份的柯振中自然有他的獨特觀察力，很嚴肅地說：「說真的我不以為你浪蕩，我覺得這幾年你正在戮力鑽研文字，對不？」又是一劍刺中紅心，不得不服他的細心。振中送過我一本短篇小說集《月亮的性格》，翻看一過，想起慕容羽軍的說話——「他的小說着重表現道德、良心，針砭善惡，掌握飄徙、放逐、時間流逝、靈魂救贖之素材，為情節與人物作出剖斷。」筆力沉雄，蔚然深秀，書氣滿溢，展卷難釋。餐廳一別，竟成永訣，此際別無它憶，只想起振中那頭如雪似霜的銀髮！

二〇一六年，香港中央圖書館為沈西城辦了一個「文壇浪子個展」，柯振中（右一）偕友人前往。

依達，你在何方？

哪個少男不懷春？十五六歲，情竇初開，對愛情起了憧憬，有了愛慕。鄰家小妹生而韶秀，佻達輕盈，忍不住每天偷偷看，偷偷望，一日不瞧如隔三秋。這樣下去，如何得了？為抑奔騰情緒，四出尋找代替品，一眼相中依達愛情小說。第一本《夢妮坦日記》，日看夜看，終移情於蒙妮坦，小妹忘得一乾二淨。哈哈！情關闖過，卻成小說痴。六十年代末，依達紅火，小說不獨迷倒千萬少女，也感染咱們一班少男，我們學懂修飾儀容，穿着趨時，在派對中標奇立異，欲狩獵物，不僅此，小說還教懂了咱們不少時髦玩意：戴什麼牌子手錶？穿什麼歐美華服？到什麼地方喝咖啡？開什麼汽車？依達已成心中的神。忘不了他的一個短篇，慾火焚身的男人奔上公寓召妓，卻被妓女可憐的遭遇感動，扔下鈔票，頭也不回地跑了。慾念昇華，人性本善，給我的印象很深。小說已脫離流行小說框框，走進文學的宮廷。依達小說不少拍成電影，最喜歡《儂本多情》，《藍色酒店》和《漁港恩仇》，後者更是依達絕無僅有的鄉土小說。

及長，渴望見依達。照片在雜誌上看得多，未識廬山真面目。不記得何年何月何日矣，朋友帶我去淺水灣探訪一個叫菲列沙里豪的洋人，別墅雅緻，主人闊氣，美酒佳餚，雪茄果品，輪番奉上，殷勤備至。捧着溢滿白蘭地的酒杯，走向不遠處衣着趨時的翩翩紳士：「依達先生，你好！」遞上名片，話匣子打開。熱情友善，禮貌周周。從外表看，不像作家，酷似明星。沒說錯，依達後來真的步上銀幕，演對手戲的正是「影迷王子」謝賢，開門微笑的鏡頭，Cute而Pure。曲終人散，主人家餽贈禮物，我得金筆一根，依達是一隻雕有「菲列沙里豪」名字的腕錶。天階夜色涼如水，握手而別，互道珍重。

八二年我當上《翡翠周刊》總編輯，向依達索稿，爽快答允。

有時到了「死線」，稿仍未來，只好上門取。其時，依達住在太古城「春櫻閣」，我直奔上樓，通常是半開大門，將稿塞出，並說：「沈西城！急就章，不好的話，可以不用。」聲婉態懇，這便是依達。偶然也會在宴會上碰面，多偕簡八哥同來，兩人一對活寶，相互戲說，你刺我諷，樂在其中。八哥去後，依達聲沉影寂，近十多年更是不知所終？朋友小聚，提起依達，有人說：「依達就像風箏斷了線，不知飛了去哪兒？」有人接口：「說不定去了找夢妮坦！」眾人大笑。傳聞越來越多，有人說他移居中山，也有說是東莞，經營傢俬生意，真假難辨。心雖繫之，苦無辦法，真的是一籌莫展。七月偶看面書，有人提及以往曾跟依達旅遊，心念一動，試發一通訊息給依達，幾日後，竟獲覆並附微信號碼，我們可以互通聞問了。接下來，我們每天發訊息，他送我網上各樣奇花異卉，我寄奉最近拙作，如煙往事重提：依達十六歲向「環球」投稿《小情人》，書久未出，原來已轉送「邵氏」拍成電影。誰有此眼光？海派作家方龍驤是也。依達夫子自道：「第一部書是每天做完功課，一天寫一點完成的。環球的方龍驤取錄我的小說，久久未出版，原來已介紹給陶秦拍戲（《儂本多情》）。書出版時，戲已在拍，也算是我的幸運吧！」依達感恩：「所以他（方龍驤）是我的恩人兼老師。他確指點我寫作技巧，教我寫小說橋段要有『化』的技巧。我一直叫他方叔叔。」可方叔叔已在零七年因心臟病謝世了，依達並不知道，他零二年移居珠海，棲住臨河大宅，每日看河、賞花、旅遊，生活寫意。他說：「一直就喜歡珠海的海闊天空……享受這兒的清靜和無人認識我的自在，找到自己最喜歡的樓宇，買下了就一直退隱到現在。」我嘴多問為什麼叫依達？這還不簡單：「我自小喜歡意大利歌劇，最愛《雅依達》，自取筆名時，去掉「雅」，即成依達。」依達兄！請放心，我不會打擾你的清淨，俗世清靜難求。

又見依達！

〈依達，你在何方？〉一文發表後，套句現代城市口語，便是「野生捕獲」了依達。不是人語，人多愛用，其奈之何？六七十年代，依達是紅作家，小說銷量第一，比金庸還厲害，大抵也只有倪匡可與之比，可讀者層面不同，倪匡男性讀者多，依達迷死一眾在校少女，心裏都盼望有一個依達筆下那樣的白馬王子闖進生活圈，長印心扉。男人喜愛冒險刺激；女人追求浪漫沉醉。那年代女性抬頭，依達讀者比倪匡多，不足為奇。我跟依達很有緣，同姓葉又是老鄉，不知底蘊的人，常以為他是我哥哥。羅斌太太何麗荔女士第一眼見到我，滿臉驚訝：「呀！你真像依達。（那敢情好，可以冒充了）」連老廣東羅斌也同意：「是有點像，只是沈先生的廣東話較為標準點兒。」依達的廣東話很地道，只是聽來，還帶點兒上海腔調。李純恩兄聰明，上海人拍粵語電影，唸起對白，廣東話仍不脱吳儂軟語，聽得舒服，遂不覺其怪。

説起冒充，倒想起一件事兒。十八九歲流連舞榭歌台，認識了一位舞小姐，自稱葉姓，知道我好寫文章，問我可知依達否？還用説，當然知彼大名。小姐喜道：「你交運了，我可以介紹你認識。」我喜不自勝。小姐往下説：「他是我大哥。」依達姓葉，小姐同姓葉，沒好懷疑的，可她廣東話非常標準，聽不出有丁點兒上海口音。小姐也知道我起疑心，低低地説：「我生在香港。」那就解釋了一切。我纏着她去找依達，小姐顧左言他，太極推手發揮了得，我無心再糾纏。後來小姐忽地失蹤了，人

依達作品

海茫茫哪兒尋？過了若干年，巧遇依達，提問起這件事。依達呀一聲：「這個女人一天到晚冒充是我妹妹。沈西城，你可要小心呀！她偷東西的。」俊臉露出罕見的生氣神色。原來小姐跟依達只是普通朋友，一次家裏，順手牽羊，將家裏珍藏捲去。依達心眼兒好，提醒我。其實我哪有東西可給她偷？偷我的心吧！小姐可不要哪！

我曾分析過依達小說流行的原因，拙著《香港名作家韻事》有這樣的一段話——「依達的小說，最成功的便是能令青年男女有一種代入感。青年男女在現實社會中，無法滿足自己，只好借助依達小說來滿足。男的幻想自己英俊風流；女的幻想自己青春美麗，各得其所，樂也悠悠。依達的小說，還有一個特點，便是筆法簡潔，中學生的文化程度，不會太高，依達那種短句式寫法，最適合他們的脾胃，讀來不吃力，便會有興趣看下去，於是一本一本的讀，令依達每天都要伏在寫字枱上，手不停揮。日本文化界中有所謂『作家明星』，香港之有『作家明星』，始自依達。他為讀者回信、寄照片、簽名，而且還上電視亮相，接受訪問，盡量曝光。」依達運氣好，一畢業就成職業作家。記憶中似乎未做過別的行業。老昏矣！不是拍過電影嗎？最近傳了一幀劇照給我，是在《早晨再見》飾演畫家，對着畫板，瀟灑脱俗，十足畫家範兒。電影以外，也當過歌星，師從許佩女士，跟國泰女星萬儀合組情侶合唱團，一柔一媚，四出登台，賺坡幣，攫美金，好不快活。不止此，還上天橋走貓步，薪酬以每小時計，收入遠超作家。依達新潮大膽，不知何年何月何日，拍過一輯艷照，裸體躺浴缸，意態撩人，引起衛道之士指責。秉承知堂老人意旨——「一說便俗」，不予辯解。生性獨立自我，十多年前，決定避世，移居珠海，從此跟香港「Sayonara」，再回頭也不要你，Hong Kong！我欲訪他，狡黠地回答：「你是看不到我的，老朋友！」退藏於密，才能內具。

高陽談酒、色

香港文壇寫人物，出色當行者首推報人燕青（劉乃濟），我管他叫濟哥，相交逾二十年，由陌生、熟識到佩服。我主編《武俠世界》邀濟哥寫稿，他爽快說好，隨即捎來一篇武俠作家傳記，描摹細緻，刻骨入微，讀者讚好，不能釋卷。既為主編，我深知刊物要依賴好文章支持，因而一見有才者，更像蟒蛇似的咬住不放。濟哥以外，還有薛后，時來出版社打牙祭，聊起少林寺（他是電影《少林寺》的編劇），話語不絕，驚異於彼對武術技擊的認識，懇請他賜助《武俠世界》（下稱《武俠》），二話不說寫了《馬永貞傳》。其時我尚在中年，精力鼎盛，躊躇滿志。

《武俠》得以中興，多得於濟哥和薛后二兄的支持。後來，濟哥的小兒子劉恒也來我社，擔當插圖工作，大抵有了這層關係，濟哥來稿更多，說古龍，話諸葛（青雲），道高陽，珠玉華篇，着色《武俠》。我託劉恒言謝，小伙子狡滑一笑「你不用謝我爸，你叫他不寫才不樂意呢！」可把高陽說成武俠小說作家，我有點兒納悶，高陽不是歷史小說大家嗎？怎搞的？一回忍不住問濟哥。濟哥小眼一眨：「西城，你這就不懂了！」我如何不懂？《紅頂商人》、《慈禧全傳》，讀得滾瓜爛熟呀！哪有武俠小說的影兒？好個濟哥伸出手指逐一扳下數：1234……高陽至少寫過六七本。聽着！《風塵三俠》、《大將曹彬》、《水龍吟》和《徐老虎與白寡婦》——這回挨到我叫起來：「是不是李翰祥導演、恬妮、劉永主演的那部電影？」「對對對，正是這部。」我迷糊了，也不對頭呀！濟哥在《老友高陽》裏這樣寫道「他以《水滸傳》作為藍本而改寫的《烏

左起：高陽，李費蒙、諸葛青雲、古龍。

龍院》、《野豬林》、《翠屏山》和《林沖夜奔》等，在這些小說中動作頗多，只不過那些動作沒有加上『霸王卸甲』或者『毒蛇吐信』這一類的招數名稱而已。」言下之意，若有招式，便是正規武俠小說。向友人借《翠屏山》，一看，果如其言，原來高陽也是半個武俠小說作家，失覺，失覺！我接手《武俠》時，高陽先生已去世六年，未得約稿，深以為憾。

高陽喜酒，最愛XO，跟古龍、倪匡相同，可稱酒三仙。論酒量，古龍第一；高陽中康；倪匡阿三。高陽埋怨古龍那種「沒嚨」的倒酒，不是喝酒，只是糟蹋酒精，所以從不和古龍一起喝酒。高陽懂酒，說：「酒溫要依照實溫調整，如果以實溫20度為準，之上，要減溫。反之，20度下，則要加溫。」如何減？如何加？賣個關子暫且不說。若論酒品，古龍最駭人，他跟朋友同桌，定要人把桌上一整瓶XO喝光。酒量淺者，能不退避三舍？高陽名滿天下，知己甚少，除了諸葛青雲，就得數濟哥矣。這跟他的性格大有關係，他的話題太窄，只限於詩文時事，話不投機，便低頭自斟自飲，默不發言，冷眼給你瞧。另外高陽的杭州國語，聽來十分費力，一般人不易聽懂，這就減少了與人交接的機會。酒色財氣，高陽是否風流種子？酒後，直言不諱。五陵年少，不但徜徉勾欄，且精於此道，嘗言「聲色犬馬，必須有『三閒』，有閒錢，有閒時，有閒情，缺一不可。」至於論女人，就更獨到。他說女人不論漂亮與否，只看是否性感。眼神要帶勾魂風騷。高陽最愛看五官勻停的女人——「就像機械零件，女人的五官要長得大小適中，擺放的位置恰可。」他尤其注重女人嘴形，以之只為性感的一切泉源。一言蔽之，女人要有風情。太抽象吧！這裏不妨舉個實例，近日娛樂版上鬧得沸沸騰騰的那位過氣港姐，便是典型。看她跟在老伯背後走路的那段片子：眼如秋水，檀口輕開，掇着玉肩，一搖三擺，體態妖嬈，如何能不勾引得狂蜂蝶亂？男人見了，心搖目蕩，不能定止。高陽晚年得美顏，庶幾近之。

香港能有文學館？

一九四年，到台灣訪問，主辦單位邀觀陽明山林語堂故居，一幢小洋房，雅緻整潔，泛綠縈廊，前面樹，後背山，綠蔭侵窗，照面成碧，一片陰涼。進屋，四壁素白，不沾塵灰，單位人員說林老先生愛潔，遵遺願，隔日打掃。游目四顧，目光落在一座黑黝黝的儀器上，那便是老先生的刻苦成果——中文打字機，當年是珍品，如今成古蹟。信步瀏覽，想起先生的幽默，最得知堂欣賞，不止一次為文褒揚，落在魯迅眼裏，卻成批判對象：山河破碎，寄情風月，其為人乎？君子和而不同，難矣哉！故友中園英助說：「魯迅是火，語堂是水。」水火不相容，惟亦能相濟，未損二人情義。竹內實教授談林語堂，說胸臆寬廣，方能體驗生活品味，可謂知之深。日漸落，光稍暗，朦朧中，彷彿看到先生口叼煙斗，在迷霧中沉思，山風徐來，吹醒我的夢，先生逝去經年。下山，月兒梢上高掛，城中萬家燈火，不禁問：香港何時會有作家故居？

我從無說過月亮是外國圓，說到文學規範，的確是日本圓，略有文名的作家，都設紀念館，巨匠如夏目漱石、森鷗外、川端康成、谷崎潤一郎、松本清張固不待言，得芥川獎的宮城谷昌光和直木獎的平野啟一俱有作品列席紀念館，無分等級，尊敬如儀。谷崎紀念館位於東京蘆屋市，館宏而雅，陳設井然，台友曾往觀，嘆曰：「知吾嚮之未始遊，遊於是乎始。」直把柳宗元跟谷崎給牽上了。台友人走進谷崎先生的情慾世界，方知以前自家的蒙蔽，遂得西山。我祝賀他：西山非人人可得，只有靈慧者方能如此。台友有感，餽贈金門特級高粱六瓶，取其六六無窮之意。跟我有點淵源的自然是九州小倉松本清張紀念館，年前馬龍夫婦遊日，順道參觀松本館，回來告我館中陳列了我的譯作（註：《霧之旗》、《喪失的儀禮》、《沒有果樹的森林》），其中還有一篇日譯的〈松本清張先生印象記〉，關詩珮博士監修，東京大學中國語系翻譯，是一九七八年我拜訪松本先生時的一篇談話記錄，刊於《霧之旗》一書扉頁。我向松本先生紹介了金庸和倪匡，先生頗訝異香港有如斯出眾的作家，撿出兩本著作耑名要我轉交金庸，禮尚往來，金庸回贈，這是港日兩巨匠神交經過，晃眼四十年，松本墓木已拱，金庸亦屆殘年。

上海、北京都有魯迅故居，規模不大，我都去過。北京小四合院庭中有樹一株，乃魯迅手植，樹大遮天。那年代魯迅以其如椽之筆庇護着萬千弱小，宛如就是庭中的那棵樹。香港文學凋殘零落，純文學作家能溫飽者不多，作家設館，直如痴人說夢。世事當無絕對，近有金庸館，以為可止渴抵飢，匆往詣，甚失望，館非獨立，附於小型博物館內，佔地不大，略顯寒磣，觀客不多，館之立，幌子耳！然則香港真無能力容下一座文學館嗎？錢非問題，只在於心。遠在二〇〇四年香港作家聯會率先發起聯署，三十多位文化界名人碩彥共同倡議建香港文學館，二〇〇三年八月，「作聯」聯同香港城市大學中國文化中心、《明報月刊》、《香港文學》，合辦「倡議建立香港文學館座談會」，得各方熱烈響應，足證文學館已成香港文學界共識。十四年逝矣，阿聾送殯，政府毫不瞅睬。「作聯」諸公不氣餒，最近復成立「西九文化區建立香港文學館藏學關注組」，以西九文化區管理局轄下會員名單，既有「表演藝術委員會」，而獨缺「文學委員會」，再度提呈舊議。陳詞懇切真摯，擲地有聲，只是西九袞袞諸公，未知能否入耳焉？饒公宗頤生前大力支持香港文學發展，誠為《作家月刊》題辭，特首林鄭女史自言最重饒公教誨，然則建香港文學館當為伊刻不容緩的重任，藉此告慰饒公在天之靈，豈非美事？

《武俠世界》風雨六十年

黎明，風雨如晦，鄰犬狺狺，夢中醒來，再難成眠，遂思往事。前些時，摯友王君告我，尚差五個月，《武俠世界》（下稱《武俠》）便到花甲。唷！時間真快，彈指《武俠世界》六十載耳。一九五九年四月一日愚人節，羅斌社長創刊《武俠世界》，一周一刊，純然是迎合當日武俠潮流，用意明顯，能賺辦下去，賠本關店門，不意銷路順懮，全盛時逾二萬本，賺了不少錢。只是比起環球出版社其他刊物如《藍皮書》者，大有不如，因此羅斌並不重視它。《武俠》前後經歷過三位主事者，首任是武俠小說作家蹄風，本名周叔華，跟羅斌同聲同氣，彼好舞文弄墨，文學根底深。羅斌眼見金庸、梁羽生的武俠小說大賣，心意一動，興起辦一本武俠小說期刊之念。金、梁已是大家，即付重酬，也難收歸旗下，靈機一觸，相中蹄風進言：「周老兄！試試看寫武俠小說，好嗎？」

《武俠世界》風雨六十年

蹄風一聽，先驚後恐，寫武俠小說？這可不是鬧着玩的呵！羅斌死纏不放：「老阿哥！總有第一趟嘛！」迫於無奈，勉力為之。四月一日創刊號刊登了蹄風的《鐵掌雄風》和金鋒的《虎俠擒龍》。五九年我十一歲，正在念小六，平日不讀正書看閒書，尤其鍾情武俠小說，就買了創刊號來看，《鐵掌雄風》平平無奇，倒是《虎俠擒龍》大有苗頭，對我胃口。金鋒原名張本仁，俊雅風流，文采飛揚，很得讀者們歡心。

蹄風掌《叔子》馬經，無暇兼顧編務，由鄭重接手。鄭重是羅斌太太何麗荔的表弟，有了這一層關係，接掌《武俠》有一段很長的時期。彼喜用新人，發掘了武林三小：西門丁、龍乘風和黃鷹。這時候的《武俠》，銷路第一，有一萬至二萬左右。《武俠》能打倒其他兩家，除了作家陣容鼎盛外（有倪匡、卧龍生、諸葛青雲、古龍……），主要還是有一個了不起的插畫家董培新。武俠小說，圖文並茂，紅花綠葉，是謂一絕。插畫第一把手公推雲君，淡出後，培新接上，成為炙手可熱插畫名家。羅斌怕他溜，高薪綁住，不讓他為《新報》以外的報紙工作，因而培新從未為金庸武俠小說配圖，晚年以之為憾事。

《武俠》大賣，金庸見獵心喜，六零年一月十一日發刊《武俠與歷史》，連載《飛狐外傳》，跟《武俠》打對台，武俠迷大拍手掌，羅斌忿忿不平。這裏不妨插一段閒話，當年報壇《新報》跟《明報》質量相埒，彼此都視對方為對手。羅斌杌隉不安，為求一挫金庸，扭盡六壬，找來台灣武俠大家臥龍生，易名金童，在《武俠》連載《仙鶴神針》，「童」與「庸」音近，用意何在？圖魚目混珠也。《仙鶴神針》很受讀者歡迎，風頭上仍不及金庸。羅斌不服，晚年跟我說起，仍有餘恨。得失榮枯總是閒，機關用盡也枉然。我勸道：「社長！金庸是不世之才，你用臥龍生對壘，居然未大敗，已是了不起！」羅斌始釋懷。羅斌嘆口氣，又告我看漏了眼。羅斌聰明絕頂，也會看漏眼？原來環球旗下尚有一位才情卓越的武俠作家張夢還，文筆暢達富韻味，不遜金庸，只是為人風流，常為情困，羅斌不喜，並無大力提攜。古云：「不以人廢言」，羅斌做不到，失去良機。張夢還原名張擴强，蜀人，是我的大哥，九十年代中，常常見面，他贈我一冊《血刃柔情》，文字沒得話說，惟過於側重女性描繪，少了俠氣，稍不及金庸。七零年鶴鳴出版社張維老闆創辦《武俠春秋》，選刊古龍的《蕭十一郎》，由是三大武俠雜誌鼎立，武俠小說風雲年代起。輾轉數十載，目下僅剩我任社長，枯立於淒風苦雨中的《武俠世界》。蒼虬老人說得好：「從今後，憑誰管領，萬古斜陽。」有誰來接替？天曉得。

好情人、壞情人

情人節快樂，笑言我沒情人，快樂何來？朋友機伶，說快樂匿藏深處，悄悄滋潤感情。新派詩人有誘導本領，化拙為巧，輕易地讓我以為真有情人節的快樂。情人節並非西方所獨有，中國早已流行。元宵、三月三、七夕，都是情人節。有學者不認同七夕為情人節，因為這僅象徵着已婚者的愛情，既為連理伴侶，就非情人。這是傳統觀念，今之看法，夫妻相敬如賓，甜蜜溫馨，亦是情人。元宵是情人節，古詩人墨客獨愛為它添上愁彩——「今年元夜時，月與燈依舊；不見去年人，淚濕春衫袖。」「怕的是燈暗光芒，人靜荒涼，角品南樓，月下西廂。」意境清幽悲愴，大煞風景。三月三為情人節，知者不多，少人紀念，而七夕太哀怨，中國人還是眷戀元宵。外國情人節皆源自基督教徒華倫天奴，一代完人，鐵肩負道義而捨身，臨死時寫了一封情信與女友，情深意切，愛意綿綿，許為天下第一情書，而華倫天奴亦被稱為「大情人」矣。是否俊俏風流，溫文爾雅？不得而知。今人說華倫天奴，大底指默片時代的意大利明星而言，英俊倜儻，略嫌脂粉味濃。華倫天奴的電影，我從未窺全豹，其後繼者愛路扶連的《劍俠唐璜》、《俠盜羅賓漢》卻一看再看，臉如冠玉，桃花泛面，的是美男子，女人若有此俊郎為情人，毋枉此生。

近代中國文壇有三大情人，便是徐志摩、郁達夫和邵洵美。徐與陸小曼的畸戀，郁跟王映霞的痴纏，邵和項美麗的異國情緣，膾炙人口，三人文名因而大增。倘以格調言之，徐、郁二君實不足以稱之為情人，只有邵洵美，氣度別具，於戀情中保持自己本身的人格，毋損情人之譽。徐薄情，棄賢妻張幼儀不顧，狂追有夫之婦陸小曼，其師梁啟超看不過眼，在婚禮上當眾斥責：「徐志摩，你這個人用情不專，以至於離婚再娶。以後要痛自悔悟，重新做人！願你這是最後一次結婚。」郁達夫也好不到哪兒去，二七年一月在孫百剛寓所一見氣質異於常人的王映霞，即窮追不捨，視髮妻周荃如無物，負情不下徐志摩。中國人素崇文士風流，胡適、陳定山莫不如此，既有大師撐腰，遂壯了詩人的膽，恣意妄為，不顧後果。日本小島先生鑽研中國近代文學，分析徐、陸及郁、王之戀，說「情非真情，只欲將身邊人羈絆一隅以遂獨佔之慾而已。」言頗成理。問可有稱職情人？志摩好友翁瑞大可當之。徐志摩墜機死後，一力擔承照料遲暮已甚的小曼之責，棄生意不顧，傾囊相助，無欲無利，只求伊人一笑，非大情人者何？

易求無價寶，難得有情郎。情人（帶些兒壞）不易得，卻為女人偏愛。萬一對方郎心如鐵，一生苦痛。民國年間，此種男人的舉举代表者非胡蘭成莫屬。紹興人卻帶有蘇州男人的風流博浪，細語柔柔，彌足挑動女人心。小島先生直言彼實為《金瓶梅》裏的浪蕩子西門慶。何以見得？他初見張愛玲時，劈頭一句話，便說「你的身材這樣高，這怎麼可以？」聽在一直崖岸自高的張愛玲女士心底裏，如何能不蠢動？（嘴巴甜，好聽，受用！）如果改說「張小姐，儂邪氣漂亮！」便顯俗氣，入不了張女史青眼。胡蘭成諳女人心，出手誘之，張小妹又豈會不手到拿來？胡遇張，便宜佔盡；張遭胡，霉頭觸足。張後來北美蟄居，孤獨而終；而她的有情郎，接收了極司非爾路七十六號殺人王吳四寶遺孀、黑道大姐佘愛珍，挾重資，東渡扶桑，逍遙快活。後遷台灣，竟得作家朱西寧等賞識，杏壇授易，廣收門徒。晚年移居東京，開酒吧，尋樂子，調笑終日，得享天年，天道何其不公耶？

何志平：「我會跟進！」

何志平美國出事，涉賄賂非洲國家政要，被告上庭，來龍去脈，我不清楚，不置妄評。倒是何志平這個人頗有可說的地方，不妨一記。九八年，桂冠詩人藍海文應邀出任藝發局文委會主席，承彼厚意，讓我當批審員，就是評閱作家、詩人的作品，看能否給與有限度的資助。我以閱人家作品，看得細，嫌挑剔；看得粗，似敷衍，頗感躊躇。藍海文坦白告我送作品上來的，大多是相識朋友，水準何如，瞭然於胸，不費周章，婉言溫語，無奈應允。其時文委會的批審制度，採用表決形式，你即送上「一剔」，還得加入其他批審結果，再經主席批示。我的體驗，凡呈上來的作品，泰半通過，小說二萬至二萬五千元，詩集一萬到一萬五千元不等，那年代足可應付印刷費用。「藝發局」開宗明義——實報實銷，如有盈餘要上告，虧則免責。說句不中聽的話，大凡「藝發局」資助的作品，勿論小說、詩集，罕有盈餘。朋友黃君經營樓上書店數十年，感慨系之：「每見印有『藝發局』標籤的，我的心馬上咯登咯登。」啥意思？黃君嘆曰：「擺明賣不出去唄！」當真？我嘀咕。向行內人、獲資助者尋問，天哪！果如其是，遂為「藝發局」叫屈，花掉鈔票，不嚐甜果，作品不賣，作家、詩人難堪，正是：好心無好報，只有現眼報（註：此為八、九十年代現象）。

某日，文委會召開會議，何志平赫然在座，他是藝發局新任主席，新官上任三把火，跑來湊湊興，會會各路作家、詩人。方詩人寬烈告我何志平絕非銅臭俗人，他嗜音樂，是小提琴好手，同時也熱衷文學，（了不起！）不禁多打量一眼：胖臉，圓額，一派親和（打九十印象分）。會議由藍海文主持，暢述香港新詩的源流和發展，何志平微側着頭傾聽。中國人開會，循例寡言少語，台上的講，台下的聽（真聽？裝聽？不得而知），聽完鼓掌歡送。可文委會不愧是文化人薈萃之所，絕非省油的燈，作家野火俟藍海文語畢，立馬開腔，霹靂啪喇，機關槍般地掃向上屆主席：「非驢非馬，一場糊塗！」藍海文駭然，與會者亦駭然。野火君早有文名，為徐速《當代文藝》的主力作家，文筆如刀，刀刀砍人，此番利刃指向「藝發局」，更是鋒芒畢露。何志平一逕地聽，並無發言。野火炮轟一番後，喟然道：「我知道說了也是白說，官僚何嘗改得掉！」有心者盡皆動容。這時何志平忽地開口了，一句話：我會跟進。會遂散。

會散，遇導演陳嘉上，乃藝發局電影委員會成員，拉住我跟何志平聊聊。何志平問野火會上講的是否屬實？我即回答：句句屬實，並無虛言。何志平應了聲「我知道了！」沉吟一會兒：「沈先生！你對文委會可有什麼意見？」我一向直性子，有話便說，指出如今的文學獎太不實在，獎金固然少，推廣又不足，幾十年來，培養出來的作家，屈指可數。何志平道：「沈先生！你看如何辦？」於是我把一直憋在腸子裏的話掏出來：何不辦兩個大型文學獎？一曰「魯迅獎」（純文學）；一曰「金庸獎」（俗文學），一年各頒一次，不用公開徵稿，由各方傑出文化界人士推薦上年度作品，再由評委會（有才人士擔任）選出五名入圍者，最後敲定，選出佳作，獎金一百萬港元。陳嘉上伸伸舌：「這麼多？」我回道：「重酬有佳作，最重要讓作家覺得有出路！」

何志平沒發言，我告他意念來自日本的「芥川賞」和「直木賞」，非我信口雌黃。此二賞發掘出大批優秀作家，茁壯了日本文壇，我們何不依樣葫蘆？未必收穫豐，至少有成績。何志平照例沉思，半晌道：「你的提議很好很好，我會跟進。」結果何如？不言自明。何志平喜跟進，這回的確跟進了！

二、影視珍聞

勿忘香港本土電影

第十二屆亞洲電影大獎，香港喜中孖寶，古天樂膺影帝，張艾嘉奪影后，廣東友人雀躍高呼：呢勻威過威士忌。強手林立，奪穎而出，豈簡單哉！影迷采聲不絕：香港電影有救咯！（但願如此，阿彌陀佛！）古天樂出道以來，拍戲逾百，從未得評委青睞，今趟憑《殺破狼·貪狼》得獲殊榮，喜上眉梢，粉絲同樂。電影連場激鬪，教人難以喘氣，古天樂本非「打仔」，經洪金寶細心調教，身手不遜甄子丹、李連杰，多了一條戲路，今後不愁寂寞。八十年代迄今，香港影壇統由兩周、一劉、一梁、一龍雄踞，後浪難蓋前浪，今日數數大抵也得古兄有此能耐，昔日白皙溫婉，唇紅齒白，軟性美，傳遍影圈，如今氣宇軒昂，威武挺拔，更難得者是有一顆慈悲心，內地捐獻學校，造福兒童，香港資助電影《五個小孩的校長》，善有善報，票房輝煌，除劉德華外，再無第二人。能跟古天樂並肩者，惟劉青雲，憨厚樸實，深入民心，青雲、天樂勢將頂起影壇半邊天。

張艾嘉自台登港，投第八藝術，未冒出頭，先遭白眼，老闆充權威：艾嘉！你不上鏡，當不上明星，言下之意——大茄一名。唷！多傷自尊心。好個艾嘉打掉牙齒和血吞，誓不放棄，爭取爭取復爭取，《最佳拍檔》演差婆，活龍活現，自此影壇有了張艾嘉。胸懷宏志，捨喜劇就文藝，《念念》一看，教人難忘，於是影圈繼許鞍華後，又多一位文藝女導。你若問艾嘉演和導孰優，我則喜她演，自然灑脫一如梅麗史翠普，不像演戲，看得舒服過癮。

香港電影步入寒冬，以前一年二、三百部，今日二三十，不啻雲泥之別，有專家歸咎老闆北望神州，捨棄本地。內地市場廣袤，資金充裕，人才濟濟，男星俊如胡歌，女星美似冰冰，編劇高明，導演技深，彈丸小地香港何能匹？果如此乎？不妨看數據。內地年電影近千部，能大賣的不到半成，《戰狼2》、《紅海行動》四、五十億，是奇蹟，不易得睹。電影票房三四億，乍看不俗，七除八扣，賺錢有限，更多的是賣座慘淡甚而排不上院，血本無歸。既如此，何不賣棹南返，在港再闖？自求多福，毋忘本土。

時代曲之父黎錦暉

「毛毛雨下個不停，微微風吹過不定，微風細雨柳青青，哎呀呀，柳青青……」中國第一首時代曲《毛毛雨》始流行於上世紀二十年代中期，撰曲者係人稱湘潭才子黎錦暉，歌者黎明暉為彼愛女，率性天真，喜食糖炒栗子，人稱栗子姑娘。稍長，性爆如栗子，苦不能蓄，放任自由。黎錦暉實為中國時代曲之父，與台灣鄧雨賢齊名，雨賢悲情，錦暉輕快，風格互異，才華相仿。二七年錦暉組「中華歌舞團」，搬演歌舞，仿效白俄女郎，紗籠隱約，袒臂露胸，觀者若狂，風靡全滬。團員明暉以外，尚有藍蘋（江青）、胡茄和張靜，陣容鼎盛。明暉以《葡萄仙子》、《可憐的秋香》諸曲風魔周郎，成為滬上名歌星。其後百代復灌錄《毛毛雨》、《妹妹我愛你》，流行曲更是風行。中華散班，二九年改組「明月」，起用王人美、白虹、黎莉莉為台柱，氣勢更盛，大街小巷溢滿《妹妹我愛你》《毛毛雨》等歌聲，引人遐思。王人美是孤女，膚黑有哮喘，病發時，咳至佝僂，賣相駭人，錦暉屢斥不改，重拳擊之，人美畏懼，忍咳，疾竟自癒。長大後，明艷跌宕，綽約多姿，醜小鴨易為白天鵝，人多欲鵠之。歌聲清幽，啾啾如春鳥鳴，囀囀似杜鵑啼，聯華老闆羅明佑看中她，開一部《漁光曲》力捧，迅即成為紅星。

姐兒愛俏，人美亦如是，戀上韓籍男星金焰，錦暉力阻不及，只好放手。兩人結婚，身無長物，取市脯冷食，置於長檯上，任賀客自取，別開生面，今之自助餐，大抵以金焰、王人美為創始。我每食之，必憶黑妞王人美。白虹年紀最小，皙白可愛，性情溫婉，幼時，短髮齊眉，跟王人美搭檔歌舞，一黑一白，相映成趣。明月諸女，歌聲以白虹最佳，能唱高、中音，演繹《河上的月色》最為出色。我十二歲時，從家中黑膠唱片聽得白虹唱的《郎是春日風》，曲詞均係音樂大師李厚襄得意之作，白虹演繹，得心應手。

《河上的月色》出自姚敏之手，胞妹姚莉最愛聽。八六年姚莉往上海探訪白虹：「我見到白姐，心情好激動。當年健美的可人兒，今已臃腫難分。她要我到她家吃飯，方便說話。我倆邊談邊吃，幾十年歲月，彈指間過去了。白姐說：『小莉！你臉圓圓的，還是以前的小莉呀！』」飯後，白虹送姚莉下樓，邊走邊聊，聊到英年早逝的姚敏，忍不住哼起《河上的月色》來，可只唱了三句，已是梨花帶雨，哼不成聲。白虹後來跟了錦暉弟錦光，相處融洽。兄弟鬩牆後，白虹隨錦光轉投電影界，成為紅星。黎錦暉人緣欠佳，眾姝均不喜彼，王人美、白虹先後捨離，黎莉莉亦隨之而去。「明月」少女星散，棣花風後，非嫁即老，星光淡然。錦暉後來生活困苦，貧病交迫，向人告貸，無一覆示，只有黎莉莉空寄二百元

黎錦暉

資助，錦暉感泣。

黎錦暉素性吝嗇，從來吃人不請客，朋友們不忿，要弄他一記。上海有一搗蛋鬼葉仲芳，想出一主意，代他發出三五十份請帖，寫上黎錦暉的大名，另又通知黎錦暉到大菜館倚虹樓來。錦暉欣然赴會，掄臂划拳，好不快活。飯畢，人人拱手稱謝黎大老闆。急問葉仲芳是什麼一回事？仲芳訝然說：「今天不是你老請客嗎？」席上諸友紛紛出示請帖，上具黎錦暉尊名，才知上當。破財五十，頓足不已。錦暉窮，桃花旺，娶得跟蝴蝶齊名的神秘美人徐來。及至徐來他投唐生明，乃還鄉湘潭，教書過活，卻仍有盈盈佳人青睞，千里訪尋，委身下嫁。伊人者，《倆相依》原唱，現寄居美國，誨有志習歌者不倦的梁萍女史是也。

（註：影迷會副會長艾力告我，梁萍依黎錦輝恐非事實。）

李國豪抗拒李小龍

導演一句「開麥啦」，男演員米高．麥西舉起密能手槍朝十二呎開外的李國豪開，「砰」的一聲，李國豪跌倒地上。導演滿意表現，喊聲「咳」，眾人鼓掌，可李國豪並沒有站起來（他永遠站不起來了），工作人員趨前看：啊！腹部淌血，殷紅一片，早陷昏迷。「Oh，My God！」不少人高喊起來，趕忙報警。十分鐘後，救護人員將李國豪抬上擔架，送往醫院，搶救六小時，終告回天乏術，功夫天王李小龍之子，英年早逝，享年二十八，時維一九九三年三月三十一日，肇事地點是北卡羅萊納州的一座片場。吳思遠拍攝《Super Fight》，偕同元奎去過，回憶道：「這個片場陰氣森森，魅影淒風，嚇煞人！」當是受了李國豪意外死亡影響有以致之。名人子死，傳說紛紜，有傳是謀殺，李小龍生前武林仇家多，父仇報子身；也有說純屬意外。法庭研訊，斷為意外死亡。問吳思遠怎麼看，作出如下說法——「片場工作人員說上場戲用過的道具槍忘了退彈，空彈頭卡在槍管，一開槍，射了出來，打在Brandon肚子上。」李國豪，眉濃如墨，英氣勃然，八六年來港拍于仁泰的《龍在江湖》，萬千寵愛在一身，卻落得差強人意，不少觀眾批評：子不如父，損了自尊，因而厭倦人們在自己面前提父親的名字，不止一次說：「他是Bruce，我叫Brandon。」李國豪競新好奇，不欲籠在其父陰影底下，力求突破，苦無成果，小龍的名氣反成兒子沉重負荷。可世事乖誕，有一天就是父親的聲名幫了兒子一把，啥事？且聽我道來。

一回，李國豪隨外景隊到泰國拍戲，不知怎的跟機場職員發生爭執不獲放行，一伙人在大堂枯候不見影兒，遣人尋問，方知出事端，忙加交涉不果，有人情急智生，對機場職員說：「你可知他是誰？他是李小龍兒子！」機場職員一聽，Do Re Me，不到三秒，臉上密雲散，笑容綻開來，鞠躬歡送出關。要不是小龍名頭響，國豪必有麻煩，能不服老爸？無巧不成話，李氏父子皆短壽，爸爸活了三十三年，兒子更短，僅二十八載，父子墓塚相依，泉下功夫比拚。

阿樂自加國歸，相約喝酒吹牛皮，歌壇、影圈、報界無不涉；上海話、廣東語交雜，閒話講不完，鬧猛鬧猛。忽地扯到李小龍四十五年前的死，阿樂勁道來矣！「當年李小龍死訊傳出，已是夜深，初以為訛傳，致電新聞處獲證實，很感唏歔。行家電告李小龍死於九龍塘家中，馬上揹上相機，機器腳踏車奔赴目的地，烏墨辣黑，摸了個門釘，沒法子，只好湊合小道消息，回報館寫稿——」阿樂啜口花雕，舐一舐唇，抬一抬眉：「正伏案寫稿，電話響起，提起聽，女人嗓音：『今夜報》嗎？請問老總在不在？』我說我是。女人往下說：『李小龍不是死在家中，他死在畢架山丁珮碧華閣的家裏。』我問緣何得知？她說男朋友是救傷隊，十點左右出勤到那兒，親手抬了李小龍下樓。」阿樂狂喜（天大新聞一把抓）

致電新聞處，證實十時二十分左右確有救護車開赴碧華閣，拔腳趕去搶新聞。得了一手採訪資料仍未意足，心念一動，直闖殯儀館，花一千二百元疏通化粧師，潛入殮房，查看李小龍遺體。「沈西城！他一邊面有個大泡！」阿樂用手比劃着，一個圈圈。舉起照相機拍好後，正想掀起白布看看是否如行家傳言的「一柱擎天」？背後陡地被拍了一下，回過頭看，赫然是那個化粧師（要死快哉，人嚇人，嚇死人）阿樂嘀咕。化粧師一臉惶恐，連聲催：「快走快走，不要害我，有人來啦！」阿樂功敗垂成，無能見到重要部位，誠乃一生憾事。沖了照片，寫好稿子，長長鬆口氣，打道回府。翌日，《今夜報》全港獨家報導，不大賣方怪。花雕相沫，唾星濺飛，白頭話舊事，一晃四十載，當年亦自惜芬芳，今日來看信斷腸，老矣！

「最美麗的動物」張仲文

中外影壇各有一名「最美麗的動物」。荷里活是阿娃嘉娜，香港乃張仲文。無巧不成話，我都有一面之緣。先說阿娃嘉娜吧！五十年代末，媚風刮起，造訪香江。因喜吃廣東點心，光顧北角都城酒樓。老總黃瑞麟親自接待，拍照留念。此照存老家，今遍尋不得。那天我正巧隨母親上酒樓探黃伯母，看到黃伯伯跟一位風華絕代的洋女人，同枱啜茗。黃伯母說她是荷里活大明星阿娃嘉娜。十歲的我，初懂美色，童眼再也不離這女人身上。香港的「最美麗的動物」，首先是聽得蔣光超叔叔說起，時在六零年初，地點是尖沙咀樂宮樓。我隨翁靈文伯伯喝午茶，枱子上有一籠叉燒包，好講笑的光超叔就說「看到叉燒包，就想起戴安娜！（張仲文洋名）」。五七年，張仲文應香港「亞洲」影業公司老闆張國興之邀拍了一部《三姊妹》，戲中演唱一曲《叉燒包》（曲：Mambo Italiano，詞：艾雯，原唱：Rosemary Clooney）——「叉燒包，誰愛吃剛出籠的叉燒包，還有那蓮蓉包，豬油包呀，魚翅包呀，豆沙包呀，應有盡有！」歌因人傳，人隨歌名，叉燒包成了張仲文的代號，只是光超叔好謔，別有所指，那我們就意會，不必言傳。說着時，光超叔忽地「噓」了一聲，不住擠眉弄眼。循他目光向左一看，一名媚麗欲絕麗人，翩然臨身前。尚未來得及回神，已聽得光超說：「背後說人，人就現，叉燒包來啦！」來者非別，正是「最美麗的動物」張仲文。張仲文吃吃笑：「光超大哥，許久不見，可想我？」聲帶磁性。光超叔賊頭狗腦，瞇緊雙眼：「有呀！我是想入非非！」《想入非非》是他們兩人合作的電影，「藝華」老闆嚴幼祥親執導筒，羅維演多心老公，張仲文一人分飾孖生姊妹，妹妹是光超戲中的老婆，對手戲不少，拍攝期間光超叔溫柔享盡，南面王不易，自不待言。

張仲文的電影，我有印象者，首推邵氏《潘金蓮》，周詩祿導演，取材自《金瓶梅》和《水滸傳》。兩書寫潘金蓮，巧妙各自不同。前者妙筆生輝，將金蓮描摹寫成天地罕有尤物；後者反其道行之，視金蓮為十惡不赦的淫婦。《潘金蓮》攝於六四年，我方十六，稚氣未消，於男女事初有體會，看張仲文演潘金蓮，一顰一笑，嫵媚有餘，騷勁不足，若言演出，不如後期的汪萍騷在骨子。演武松，昂藏七尺的張沖，是我老大哥，七十年代一起買片，一起喝咖啡，跟他聊起張仲文，意見相同：「黛安娜太洋氣，穿上古裝顯不出古時美人的範兒！」毋妨看看西門慶兒眼中的潘金蓮——「一捻捻楊柳腰兒，軟濃濃白面臍肚兒，肉奶奶胸兒，白生生腿兒……雲鬟疊翠，粉面生春。」豈圓潤豐腴的張仲文所可比！張大哥閱女無數，一語道破。可張仲文拍時裝片，演噴火尤物，確是一絕。姜南導演的《噴火女郎》，正合戲路，舉手投

張仲文

足，無一不顯風情。男人進戲院，看的就是張仲文。光超叔誇張仲文的身材天下無雙……36，22，36，那時咚咚撐，不得了！如今啥個稀奇，隨便抓個東北妹子都擁有。可要配22吋腰，那就難矣哉！想來想去，怕只有星洲蛇腰歌后華怡保尚可相埒。「太棒了，太棒了！」光超叔伸出雙手，空中劃葫蘆，此情此景猶在眼前，而光超叔已去世多年矣！

朋友們常提到張仲文跟李小龍的一段往事，說李小龍曾當過張仲文的保鑣，更為她跟黑幫喋血。傳聞甚囂塵上，卻從未得到當事人證實。不錯，張仲文跟李小龍，六十年代初曾在洛杉磯為電影《花田錯》隨片登台，兩人同場表演喳喳舞，大受觀眾歡迎。其時李小龍年僅二十四，名聲不顯，張仲文二十六，影壇紅星，地位懸殊，友誼難展。六十年代末，張仲文淡出影圈，嫁與德國人Stanley Scott，從此息影，跟香港觀眾不通聞問。張仲文有個兒子李菲朧，七十年代是香港模特界的風雲人物，今不知何在。

吐一口烏氣

身在台北，心繫香港，金像之夜，結果何如，亟欲知道。友人傳訊，影后、影帝如我所料，係毛舜筠、古天樂、深慶得人。之前有人看好鄧麗欣，《空手道》演出稱職，跟毛舜筠則難以比儷，更何況已得后座兩個，足矣。有人非議古天樂在《殺破狼．貪狼》中，打比演好，其實彼之演技早有長進，只欠時機，機會一至，破籠而出。最佳女配角，吾意屬邵音音，卻為葉德嫻攫奪，頗覺失落，《明月幾時有》中演老母親，洗練內斂，只是無突破，叵耐為劉華誼母，眾人心頭好，音音難敵，青山常在，必有柴燒，音音勉之。最佳電影《明月幾時有》、最佳導演許鞍華，皆意料之中，毋足稱異。影壇老大哥仰天長嘆，壯懷悲烈：「我搞不明白為啥一有許鞍華的電影，例必得獎？」呵呵！老大哥呀，你問我，我問誰去？金像獎嘛，總得有新意，兩雄對峙，新人勝，方具催化作用，不然渾水一泓，於影業無益。

是夜高潮在楚原，鋒頭全歸彼。多年沒見，風采依然，只多了幾綹長白鬚，仍是洪鐘大呂之聲，一貫幽默。七十年代末，太子道上咖啡屋，我偷師學藝，求寫劇本門道。楚原點明燈；「沒什麼門道，都是手寫心的事兒。」換言之是「悟道」，若能再邁一步，便近禪意，達此境界者不多，楚原是其一。「邵氏」中人人盡皆知彼是快槍手，劇本快、拍戲快，一兩個月內可殺青。何足怪哉？早年粵語圈盛行「七日鮮」，不少導演是能手，天林叔橫跨國、粵兩界，低成本仍能拍出《野玫瑰之戀》這樣的佳構，況乎楚原！六零年名作《可憐天下父母心》，如今看來動人肺腑不過時。入「邵氏」棄文從武，拍紅了咱們古龍大俠，《流星．蝴蝶．劍》、《天涯．明月．刀》，哪一齣不賣個滿堂紅？《七十二家房客》，破盡票房，寧波「密底算盤」邵老六，翹起大拇指：「格個小開，嶄格！」大筆一揮，加薪十倍。破天荒，嚇壞人，影城上下中人皆以彼為楷模，老爸但願生子一如楚原。楚原電影，我最鍾情《愛奴》，何莉莉、貝蒂聯袂放演，莉莉蘭姿玉質，秀韻天成，窈窕秀纖，眉目含情；貝蒂頎而婉，豐而逸，素肌纖趾，溫乎如瑩，天作之合，完美演繹，今成絕響。莉莉早為趙家婦，貝蒂居台經商，團團女富豪。

寶哥楚原九十年代中引退，以為是榮休，原來傷心人別有懷抱，終借金像獎獲頒終身成就獎之契機，一紓積悃。人有三衰六旺，拍罷賣座片，拋出爛電影，痛定深思：救我者惟金庸矣，籌拍《天龍八部》。通告發出日即為方逸華小姐急召：「誰批准你拍天龍八部？不賣座，你賠得起不！」一頓斥罵，啞口無言，這還罷了，挨下來的，摧心撕肺，不忍聽聞：「楚原！你根本不懂電影！」哎也也，這是人話嗎？楚原從影幾十年，不懂電影，難道方小姐懂？為求一宿三餐，楚原打掉大牙和血吞，隱忍不發數十年。老大哥知方小姐深，抱不平：「方小姐去世後，坊間不少馬屁精歌功頌德，說對電影有貢獻。我睇上眼仔細想了好幾遍，咋的？沒呀！」倏地一拍額：「老啦，腦瓜子不靈了，要說有也真的有，『邵氏』一有方小姐，外頭多了幾家電影公司，『嘉禾』鄒文懷第一個要多謝她，沒小姐沒嘉禾；接着是『新藝城』三巨頭。哈哈哈……哈……」笑聲不絕。「邵氏」朋友說方小姐崇節約，應省要省，本乃好事，可節過了頭，變成刻薄，有例可援：喜劇導演為求加強戲劇效果，申請一百枚雞蛋擲人，小姐批示：要這麼多幹啥，五十枚足夠了。武俠大師要威吔六條渲染俠士半空飛躍挪騰英姿，小姐說：三條可矣。抵不住節儉成風，名台導、紅星皆下堂求去，於是風軟雲翳，大好江山遂蕭條。真懂電影者，會如是乎？

我原諒他！

去世四十五年的老外婆常自慨嘆：「這世代，好人難做呀！」這句話想不到放在此時此刻仍管用，不過時。不是嗎？吾友吳思遠近日遭遇，正是鐵證。兩位道具大爺，在拍攝《樹大招風》和《迷城》時，用上道具鈔票，其中《迷城》導演林嶺東，綽號「禽獸導演」，拍戲素以嚴厲認真名聞影圈，要求道具鈔票逼真，張偉全不敢怠慢，從其言，選用仿真度高的道具鈔票，為防濫用，在「承董事會命」下印有props或「道具」字樣以資識別。你拿着這樣的鈔票，想混水摸魚，除非對方瞎了眼，否則難過關。我曾到一間茶餐廳吃下午茶，結帳六十五元完整，予五百大鈔一張，小妹接過，左觀右察，嚴謹如驗屍，最後擠出零下二十度的嗓音：「先生！可有另一張鈔票？」問原因？顏一瞪，回答：「這張將不好使！」一個食店小妹精伶如斯，要在香港使假，難過登天蜀道，香港人實可KO湖北九頭鳥。不敢說沒漏網之魚，或然率大許是百萬分之一吧！我拍過電影，在電影中也用過道具鈔票，從沒出過岔事。既印有「道具」字樣，大抵沒有人會拿出去招搖撞騙吧，一如廣東人話齋「博拉咩！」

天下怪事，無奇不有，今番律政司檢控羅潤霖、張偉全二人管理22.3萬張拍戲時用的道具鈔票，二人各被裁定一項保管共約11,600張偽製紙幣罪成，判監四個月，緩刑兩年。

消息傳出，影圈嘩然。廣東大佬：有冇搞錯？上海老兄：搞七廿三。北京大款：咋搞的？揚州人：辣你媽媽不開花。道具張唔服燒賣，月前投訴於「香港電影工作者總會」，退任會長吳思遠（改任永遠榮譽會長），義不容辭，接下燙手山芋，披甲上陣。無羽扇、沒綸巾（只有 Mark 哥大衣），法院舌戰群儒，瀟灑飄逸，妙語如珠，控方低首噤口，以為萬事大吉。事後說：「我拍電影五十年從沒遇過如此荒謬的事，使用道具鈔票拍戲，歷有年所，有啥事？說有事，哪得翻舊帳了！被告肯定一大堆，擔保擠滿法院。」林律師從旁插嘴：用道具鈔票，是要向金管局申請的（註）。思遠一聽，兩隻眼睛幾乎要從眼鏡背後飛出來，嚷道：「有這麼一回事？」轉頭問張同祖、張志成，兩人同時搖頭，異口同聲說：「咱們不知道！」可林律師憨厚，豈會哄咱們？真有此例，只是我們不知道，可見官民溝通上出現了問題。電影圈以為用道具鈔票，理所當然，可政府有法已立，不申請者，即屬犯法。觸羅網，當然要打、要告、要罰，只是政府沒好好instruct呀！蟻民哪知官府心。古云：不知者不罪，有罪可赦。若然西城為官，定必如是判——驚堂木一拍，朗聲喝道：「庭下二人聽判，私藏道具鈔票，的是違法，礙於官府疏忽，未盡言責，亦有過失。援引先例：利益歸嫌疑者，今予以嚴重警戒，並紀錄在案。若有再犯，定必嚴懲不貸。Court！」由是，皆大歡喜，矛盾消弭於無形，滿庭春風。

今趟事件，圈中人多同仇敵愾，萬眾一心，可亦有例外，居然有人以粗言穢語指責吳思遠（嘿！說粗話我在行，我說粗話比人強，可我從不用粗話罵人）「拍戲大 x 晒呀！」思遠得知，笑笑說：「此人是偏執狂病，語無倫次，我原諒他。」人之品質，有薰蕕之別，誰薰？誰蕕？不言自明。以德報怨，欲言無從！

（註：製片 Monnet Au 曾於2017 年10月18日向「金管局」申請拍戲時使用道具鈔票，惟獲答覆如下：本局不接受有關複製香港紙幣作道具鈔票的申請　香港金融管理局公眾查詢服務組主任林珊）

官府大老爺！你教我等蟻民如何辦？

小辮張孫越

上世紀八六年，我為「新藝城」編《龍虎風雲》，靈感來自尖沙咀忠信錶行械劫案，其時林嶺東苦思幾個故事不獲麥嘉通過，因而問我可有故事提供？我想起忠信錶行，寫了故事，送呈麥嘉閱覽，獲得通過，便跟林嶺東着手構思故事、分場大綱、最後寫劇本，歷時兩個月定稿。這裏面有我、林嶺東和朱繼生的血和汗。劇本通過後，開始找演員，第一個是阿東好兄弟周潤發，既有紅花得有綠葉，於是找來李修賢。阿東添新意，對我說：「沈西城！我們來個大兜亂，發仔當警察卧底，修賢做大賊，你說可好？」還沒開口，旁邊的朱繼生已手舞足蹈地叫好，我能說不好？意念新穎，一反常規，心裏泛起不少希望。有限米煮有限飯，不敢也是不能起用名角兒，只好求諸演技派，女主角本來屬意鍾楚紅，麥嘉反對，放出一句話：「阿紅多少錢，你倆可知道？」啞口無言，再不敢動伊人腦筋。咋辦？女角何處覓？我忽然想起TVB的一個小角色，專演風塵女人的吳家麗，艷色炙手，天性嫵媚，向阿東推薦，阿東不識其人，着製片劉嘉蔚向TVB藝員科索取照片，一看滿意，拍板。阿東鬼點子多，一夕，說：「我想由孫越來演發仔的上司，好不好？」孫越曾跟「新藝城」合作過，八三年拍《搭錯車》，演啞叔，奪第二十屆金馬影帝，風頭正盛，很明顯阿東是想利用孫越的名氣開拓台灣市場。我是孫越影迷，贊成還來不及呢，演員陣容遂敲定。

在電影裏，我客串一個小角色「排骨」，跟孫越沒對手戲，卻有緣同場。某日拍攝李修賢帶頭搶劫金飾工場的戲，地點選在觀塘一條馬路。一早，攝影隊到場，擺好機器、鏡位，演員陸續到場，我第一次看到孫越，小矮個子，笑容可掬，見人打招呼，毫無影帝派頭。沒戲份時，演員們都躲在車廂裏歇息，碰巧我跟孫越同車，相互望一眼，閒聊起來，我說喜歡《路客與刀客》（註：原著司馬中原近年中風，喪失百分之八十記憶，惟仍疾步如風，健談幽默。）他乍一驚，我隨即明白他的心意——（為啥不是《搭錯車》？家喻戶曉呀！）電影是他的傑作，讓他捧了金馬影帝獎座，影迷碰到他都會豎起大拇指大聲説「棒！」我並非不喜《搭錯車》，只是擇喜固執。在《路客與刀客》裏面孫越飾演小辮張，小鞭作武器，颯颯颯，一舞，人頭落地，鮮血四濺，煞是駭人。小辮張陰險狠辣，奸佞惡毒，觀眾把他恨得牙癢癢，幾乎想衝上銀幕滅了他。我一看再看，共看三遍，媽的，萬萬饒不了這個小辮張！如今小辮張在眼前，我卻嗅不到一絲奸氣。粵語電影前輩盧敦叔生前説過一番話：「銀幕上的人物跟銀幕下的不盡相同。」對，沒錯！演大奸角的演員，往往是好好先生，反之，飾善良人物的，私德很壞（為存忠

孫越《搭錯車》劇照。

厚，不舉例啦）。諷刺吧？孫越正是明證，古厚恬雍，言出有章。我告以想法，孫越平淡地說：「老弟，做戲嘛，當不得真。演戲二十多年，累啦！要走回自己想走的路。前幾年我信奉了基督教，戒掉煙，現在我的工作是傳傳道、做做義工，電影不算是回事。」說得坦率，我明白信奉基督教的人，多會耽溺下去，心裏一逕只有耶穌，我的朋友麥基見人勸入教（基督教），孫越厚道，沒有硬銷，可軟推還是有的。戲拍完，我們雙手緊握，互道珍重，後會無期。聚散匆匆莫牽掛，有緣總有見面時。回台灣二年後，拍罷最後一部電影《兩個油漆匠》，孫越宣佈息影，全身投向慈善事業。三十年來，東奔西走，穿省過市，夙夜匪休，做了不少善事，積勞終成疾，五月一日天國安息，無愧此生。

陳惠敏的拳頭

「真打交，同電影唔同，邊有打咁多拳！」陳惠敏三杯黃湯落肚，豪氣湧現：「你唔一拳 Fight 低佢，你實俾人打死。」因而拳風虎虎斤兩足。口説無憑，實事為據，多年前，有逾六呎洋漢尖沙咀酒吧門口，醉酒鬧事，某武俠影星自恃吃過夜粥，上前干涉：「Go Away！」洋漢瞪眼：「You Get Out！」媽的，罵我，嘿！二話不説，連環直拳擊胸膛（啪啪啪！仲唔斷肋骨？）！眼花乎？洋漢紋風未動，對住影星傻笑。惠敏一捋衣袖，喝道：「行開，等我！」一個箭步，衝至洋漢跟前，舉手敬一禮：「I am sorry！」右拳猛捶洋漢左下顎，口裏數着：One，Two …… 未到 Three，洋漢已泰山崩倒，眾人采聲四起，惠敏抱拳還禮。緣何能一拳 KO？惠敏解畫：一要拳重；二需奇準。人體有死穴，不堪一擊，顎、眼、喉俱是，一記重拳，必倒。拳重？有多重？路邊社消息：二百磅。

驚人，駭人。瞎三話四，豈止二百，三百是也，如斯之力，可斷肋骨數條，若捶太陽穴，必死無疑，只是懂留力，出道以來不曾打死人。林崇正沒那麼幸運了，先是拳賽擊殺對手，轉任保安，又斃一人，就是不曉得運力。一夜喜宴巧遇崇正，故意逗他較量，忙拱手求饒：「老友，放我一馬。」拳無眼，又一單，到時唔知點算。

影圈功夫巨星眾，成龍、李連杰、甄子丹、趙文卓、吳京、洪金寶：銀幕上矯若游龍，動似靈蛇，惟缺實戰，一旦用於打鬪，未必濟事。倉田保昭為人最實際，二〇〇四年相晤於大阪，論起武功，率言曰：「我好練拳，卻不曾打過架。」那是說真動手，不敢言勝。惠敏大不同，十歲出道，為餬口，在葵涌戲院門口炒黃牛票，隨時跟敵對小黃牛比拳腳——大打街頭爛仔交，習以為常。待練就譚家三展拳，武功隨身，打鬪更多，遂由荃灣打至尖沙咀，經歷大小戰陣，不下百次。素性反叛，不合當紀律部隊，最宜闖蕩江湖，拜尖沙咀大撈家肥仔坤門下當貼身保鏢，傲視金巴利道，人稱惠敏街。那時美麗華酒店一到黃昏日落，必停駐着一輛彩色奪目的跑車，名曰《魔鬼魚》，正是惠敏座駕，原來酒店裏，他開了一家叫「麗美華」的夜總會，一整夜他都會泡在燈紅酒綠中，天日不見。

年輕時的惠敏，左青龍右白虎，殺氣攝人，閒人望之已打哆嗦，況乎「開片」？一般小流氓，避之若浼。「一日廿四個鐘頭，起碼打兩三場交，唔打，籮籮攣，週身痕。」憶往日事，嘴角生風。熟能生巧，閉上眼也知拳頭何處去。諸功夫巨星身手雖好，實戰闕如，不如惠敏，意料中事。李小龍生前嘗言：「在電影圈，只有惠敏能挨我兩三拳。」兩三拳？不得了！常人接不了李小龍一招。洪金寶最坦率：「我還未有反應，小龍哥拳頭已到眼前。」無法不誠心悅

陳惠敏

服，頻搖首：「無得打，無得打！」

不獨擅打爛仔交，也諳擂台賽，八三年香港勇挫日籍拳手森崎豪，賽後謙遜：「那一拳不錯正中森崎下顎，只是他跌得不好，後腦落地暈過去。西城！這是Lucky Punch。」森崎豪師兄洛奇藤丸不服，向惠敏下挑戰晉書，約賽東京「後樂園」。其時惠敏已三十七，屬超齡拳手，可對方來勢洶洶崩崩，不得不戰，客家先祖袁崇煥上身：丟那媽，頂硬上。甫接戰，已吃一記重腿，險些兒仆倒台上，貴賓席上紅顏知己新藤惠美，粉臉變色，掩口躍起。惠敏沉着應戰，尋找他鄉良機。俟第三回合，天上掉下大餡餅，洛奇露破綻，覷準缺口，揮出致命一拳，胖嘟嘟的洛奇砰地一聲倒下。Oh，KO了！日本拳迷，登時鴉雀無聲。

如今惠敏，年逾古稀，戾氣盡消，拖着小孫子在西貢街上逛，咋看都是和煦慈愛的爺爺。夕陽下，度晚年。

（寫於愛妻燕燕去世前兩日。）

故友已乘黃鶴去

淒風，荒涼，苦雨，惆悵，殘情傷心。若然二者疊至，悽過山陽聞笛耳。十月下旬噩耗頻傳，先是郭炳湘沉睡月餘不治，楓葉國岳華久病往生。朋友說：「西城！你又有文章可寫了！」聽來真是黯然神傷，這種文章實不欲多寫，誰願相識的人離世？篤佛者總愛說「人有生死，何必介懷？」說得真好，可有誰能放下？人總望長壽存世，「好死不如歹活」，古有名言，大抵不會有人自願跟大千世界訣別的吧！這種感覺來自亡妻，無神的眼睛，乏力的四肢，乾癟的嘴唇……生命悄悄地流失，可仍然撐着最後的氣力，在WhatsApp裏寫上：「琦！我願一生一世照顧你！」可見戀世至深。

郭炳湘是我慈幼學弟，六十年代初，早上偶會在麗池藥房門前巴士站相遇，我們都住在麗池，我家八八三號，郭家八八五號，僅一巷之隔。八八五號是一棟高五層、前後兩座無電梯的洋房，郭家在後座，臨海，平日，一覽碧波樂無窮，風來，白浪滔滔愁難消，水漫全屋，一片狼藉。郭家三兄弟，炳湘序一，炳江居次，炳聯最幼，三人相差兩三歲，兄友弟恭，至為相洽。我在「麗池風水地」一文裏提到郭氏兄弟的父親郭得勝老先生，這樣說：「郭伯伯是一個很親切的人，一點富豪架子都沒有。」郭氏兄弟亦復如是，繼承家業後，忠厚篤實，真誠待人。麗池是福地，這裏孕育出好幾位千億富豪，皆為城中耳熟能詳之輩，郭家以外，還有王德輝（九二三）、吳光正（九零九）和黃瑞麟（九二三）。我不懂風水，可住過麗池的人，大多數交運。後來富豪們陸續離開了，遭遇各異。王德輝連遭二起綁架，最後流流河海；黃瑞麟雪梨涉毒被割頸致死；郭氏兄弟因業務分配不勻失和，炳湘英年早逝，炳江繫獄；只有吳光正得岳父包玉剛扶掖，青雲直上。有研究風水的朋友說「發蹟之所絕不可棄。」就是說祖屋得需保存，否則會招不幸。

二十多年前，走訪漢口道「文藝書屋」，看到隔壁一個單位，長年空置，問王敬義，方知是「公和」建築發蹟之所，陸老闆寧可保存不出售，想起來便是源於風水之理。

九七年九月郭炳湘在家門前遇綁架，主謀是大富豪張子強。郭老大乃傴軀，不妥協，被囚木箱逾數日，大少爺遭劫難，留下永久創傷。獲釋後，性情大變，疑神疑鬼，甚至惱恨胞弟故意拖延交付贖款，欲置己於死地，即便係老臣子，也迭遭其斥責，令人難耐。冰封三尺非一日之寒，兄弟三人終於決裂。郭老太以耄耋之年，臨危出面主持大局，自任主席，炳湘被摒出局。母愛偉大，還是分了好幾百億於他。炳湘另立門戶，創立帝國集團，抖擻精神，鋭意創業。看到這則消息，想起當年三兄弟背着書包一道上學，嘻嘻哈哈，天真爛漫，不禁百感交集。新相識的朱道長曰：「人之煩惱全源於一個貪字，苦了自己累了別人。」一頓，往下道：「可人人有貪念，只看正與惡。向正的，是動力、往惡的，是邪念。」動力引人前進，邪念讓人滅頂。不妨看看獄中名人，莫不如此。炳湘逝矣，三炷清香，祝君好走！

岳華乃舊識，八十年代曾大醉於其家，嘔吐狼藉，岳華大度，並無怪責。三十多年未晤，只靠小文傳意。岳華近年有看我文章，並予讚語。年前託阿樂千金千里送書以示懸念，一直不獲覆。輾轉問阿樂，得知岳華患病，隱居避世。有說岳華患的是頑疾，不易痊癒，二十一日，依達傳來岳華死訊，亦在意料之中。大醉俠一生光輝，娶妻恬妮，嫵媚賢淑，侍夫熨貼，當無憾焉。岳華死，黃絲咒之，藍絲挺之。孰是孰非，難下定論。劉夢熊說得好「是其是，非其非。」固不必為死者諱。故友已乘黃鶴去，毋望彼等再復還。

別矣，阿東！

戊戌狗乃凶年，奪人性命如拾草芥，岳華兄去矣，歲暮又挨到林嶺東（阿東），感受有點不同，岳華不算深交，阿東曾有過一段時間合作，那就是上世紀八十年代的《龍虎風雲》，他導我編，廣獲好評。他成了最佳導演，我則名落孫山，遭遇各自不同，發展也有所異。八七年後難跟阿東見面，以為後會無期，去年在吳思遠的安排下，一起茶聚。局散，意興未闌，阿東、泰迪羅賓、張同祖跟我徒步去京士柏會所喝咖啡。鄉音無改鬢毛摧，阿東眉宇間添滄桑，長年居內地拍電影，跟香港看來有些脫節，滿口內地好，張同祖偶然插幾句反話，阿東拂然不悅，我們立刻把話題岔開以防不快，吃了半杯咖啡，我順口問他拿聯絡電話。他一本正經地回說：「沈西城，我不談政治，你們寫文章的，愛亂寫。要找我，問泰迪。」熱臉孔貼冷屁股，換上別人，必然怒火中燒，我可沒半點兒生氣，阿東說話一向直，不繞彎，卻並不表示他討厭你。八六年我跟阿東，朱繼生（祖朱）三個臭皮匠困在新藝城的奮鬥房，日夕耕耘，構思《龍虎風雲》劇本逾兩月，碰碰磕磕，阿東的性格我多少有些兒了解。祖朱告我阿東是一個好導演，能將劇本提高水平，換言之，劇本欠佳，他能點石成金。我有點兒不信，以前碰過不少窩囊導演（姑諱其名），劇本磨了又磨，拍出來比原劇本更糟。祖朱見我猶豫，瞪眼氣呼呼地說：「好！沈西城，讓阿東拍給你看看！哼！」

經兩月奮鬥，《龍虎風雲》脫稿，阿東親自操刀，修改劇本，行嗎？我疑慮。戲給拍出來，他將原本開場的警匪槍戰戲，改在女人街兇徒追殺卧底徐錦江，火爆、刺激，盡收先聲奪人之效，我不由得有點兒佩服阿東起來。接下來的戲，沒大刪，保持原著神髓，唯一要爭議的是其中一場雨夜，周潤發飾演的高秋跟老叔父孫越互訴衷曲的戲給剪掉。我向阿東提抗議……重點感情戲剪不得。他乾咳一聲，苦笑：「戲太長，無法子囉！」米已成炊，說有屁用！還有一樁事，祖朱悄悄告訴我阿東不滿意我將高秋寫成地痞的樣兒，有意不拍，周潤發反對，以既是卧底，面對風塵女人，輕佻無賴，符合劇情。阿東勉為其難。這場周潤發手指在吳家麗皙白晶瑩玉腿上彈鋼琴，掀起全場觀眾掌聲，說明周潤發跟沈西城是對的，勝回一仗，心中大喜。祖朱事後拍了我一下肩膊……「沈西城，你係得嘅！」原來從沒有人敢向阿東說「不」，我這個初生之犢，不知好歹，敢捋龍鬚。

林嶺東與周潤發

劇本完成該下崗，阿東不肯放過我，有一天，一把拉住我：「沈西城，幫個忙做個角色，好嗎？」不待我反應，已把我的名字填在「卡士」表上，「排骨」就這樣糊裏糊塗當了演員，跟大明星周潤發、李修賢做對手戲，最後還死在高秋懷抱裏（那大抵是不少女人的願望吧？）拍了兩天戲，我總算領教了阿東的狠勁兒。一早到現場，架上太陽眼鏡，摺起褲腳，露出毛腿，神威凜凜，殺氣騰騰，來回指揮，工作人員不敢怠慢，各司其職，調度確有方，威勝大司令。第四天，拍槍戰戲，我跟周潤發、祖朱駕車在前逃，警車緊追其後。阿東一聲「爆炸劉」，彭彭彭！貼在車窗上的玻璃爆裂成碎片。周潤發菩薩心腸，高喊：「排骨！快踎低，睇埋眼！」碎片躍進眼，不盲也傷。阿東拍戲不用糖膠玻璃，周潤發埋怨道……「阿東想收買人命咩！」阿東一拍戲，就變樣兒，演員受傷血流滿手，稍事包紮，便問……「再來一個，行嗎？」難怪有人背後稱他為禽獸大導演。埋怨歸埋怨，阿東一聲號令，還是連蹦帶跑地趕來應命。原因嘛，只有一個，林嶺東是個好導演。

林沖不老

有人嘲笑林沖三曲走天涯。三曲者，便是《鑽石》、《故鄉之歌》和《幸福在這裏》。習非成是，我信以為真。四月的台北、某日午，跟林沖共聚，言笑晏晏，不便相問。今趟來港作首次演唱會，獨挑大樑，沒有青山，謝雷等星級嘉賓，只得蔡立兒和馮素波相伴，不禁為他擔憂。八四高齡，唱兩小時，嗓子行嗎？體力有嗎？今年雙腿剛動刀，去年心臟出毛病，險上天堂，耶穌不要他，給救了回來，活潑如昔。每週去教會唱歌撫慰老人家，從傳來的片子看，那些老人家大多比他小一截，都是弟妹。林沖笑說：「能為老人家唱歌，我好開心，這樣生活才有意義」。朋友知他性強，不好相勸，只好由他。他的誼子說：「你不讓他唱歌，他會不開心哪！」八旬老人，開心便好。

昔年林沖，乃萬人迷，所到處，北里嬌蟲，深閨怨婦，桃門紅粉，接踵而至，門限為穿，過分身不下時，只好借後門溜。閒談中，林沖告我往事。南洋跑碼頭，有名女人邀飯，不好推，硬着頭皮赴約。但見枱上珍饈百味，美酒紛陳，珠寶、鈔票山堆。女人內媚，姣笑道：「林沖大哥，只要你高興，枱上的一切，盡可拿去！」真有天上掉下的好餡餅？條件當然有：你陪我一夜，讓我享人間溫柔，換言之是想一嘗小鮮肉的滋味。嚇破膽，借個因頭，跟經理人一溜煙地逃了。類似場面，經歷不少，一代妖姬白光也鍾愛他，親自跑到橫濱的遊樂園捧場，林沖只把她當姊。「你醉的是甜甜蜜蜜的酒，我醉的是你翩翩的風采。深情比酒濃，你為什麼不了解？美意比酒甜，你為什麼不理睬？」林沖你這傻子，可聽過姊的《桃李爭春》？

風吹來，雨不斷，台北今午又是雨。咖啡館裏，香氣氤氳，我問林沖可知道白光緣何對他那樣好？默然無語。一語戳穿：白光姐喜歡你呀！別以林沖有潘安貌、衛玠風，處處風流，實則玉潔冰清，了無邪念，辜負了一代妖姬。林沖有點尷尬：「西城！白光姊年紀比我大，何況她是大明星哪！」「如果年齡相同，你就……」我氣他。「不不不，也不敢！」雙手拼命擺。英俊的依達是同路人，有個女明星說過跟依達一起最安全：「我們同睡在一個房間：」聽者乍一驚：「你……不……不怕？」女明星微笑回答：「怕啥？依達是天下第一君子。」我嘛，可沒那麼君子了。

布幔拉開，音樂響起，燈光變幻，掌聲中，林沖出場了！華衣美服，髮尖桃紅，披於額前，瀟灑不凡，鞠了一躬，張口便唱，聲如洪鐘震天穹，清晰響亮，哪像八十老人？名曲一首接一首，從《高山青》到《幸福在這裏》，林沖唱來全情投入，歌迷聽得如痴如醉。二十分鐘後，蔡立兒接場，唱了幾首鄧麗君的歌，名曲褪色。高潮下滑之際，一身黑袍、綠褲的林沖救場來

不老的林沖

了，英語歌、閩南歌、日本歌、韓國歌，熱鬧重現。小鄺說：「薑還是老的辣，不過沖哥不宜穿黑衣，白衣最合身。」我有同感，想起昔年在「海天」人頭湧湧，立無隙地，我佇一角，偷眼瞧林沖，銀白羽衣鑲金邊，「鑽石鑽石，亮晶晶」亮了我的小眼睛。一晃五十年，小沖沖（歌迷暱稱）屹立舞榭歌台而不倒，熱情歌迷捧場如故，林沖愛拼就會贏，陶醉在喝采和掌聲中。只是他不知道台下的我跟小鄺，一聽一驚心，怕他吃不消。胸口裝搏擊器的人，引吭高歌，多危險！安然退場，心頭大石跌。換上馮素波，一曲《王昭君》可比「蘋果花皇后」楊燕。小鄺驚詫不已，年青人不懂事，馮素波昔日是「海天」主唱歌星哩，牛刀小試，何足異哉？壓軸自然是首本名曲《故鄉之歌》和《鑽石》，林沖又跳又唱，歌迷打拍子和音，滿場響遍「鑽石鑽石亮晶晶，好像天上摘下的星，天上的星兒摘不着，不如鑽石值黃金……」唷！林沖不老！

神秘女郎葉楓今何在！

雄獅推開「白馬」夜總會玻璃大門邁步走進去，侍者引他走近舞池的檯子，拉開椅子讓他坐下。「你不要對我望，暗淡的燈光使我迷惘……」台上響起低沉磁性的歌聲。侍者送上拔蘭地。「你不要對我望，將來和以往一樣渺茫……」歌聲嬝嬝。雄獅寫了張字條：「李安妮小姐：一個想知道黑牡丹消息的人，希望跟你談談。」命侍者送去，李安妮一看，朝雄獅瞧了眼，順手扔掉。雄獅是喬宏，台上女郎是葉楓。這是一九六〇年「電懋」拍攝的黑白電影《鐵臂金剛》裏的一幕，主演者除喬、葉二人，還有楊群、田青。我並不太喜歡這部電影，惟姚敏曲、易文詞的《神秘女郎》穿透我心，歷歷不忘。葉楓此曲，余友沈榕評為「得銷魂宛轉之致」，真絕，中低嗓音，哪有半點兒輸給白光！葉楓並非坐科出身，五八年拍跟陳厚合演《桃花運》，戲中插曲《家家有本難唸的經》由潘秀瓊代唱，奇怪哉？本有好歌喉，奈何不輕易示人，天生如此。好嗓子哪藏得住，同年底便露餡，慈善義演，一曲白光的《秋夜》，四方哄動。百代汪女士慧眼獨具，立馬簽約，自此電影插曲再不假手他人，《晚霞》、《落花流水》、《神秘女郎》好歌陸續來。「就算你就算你，陪在我身旁，也不能打開心房，你不妨叫我神秘女郎。」一曲五十年，神而秘之，不可捉摸。

八十年代初，有緣跟大美人面對面訪談，我坐床沿，她靠床而卧，一臉從容，跟我並坐的是白韻琴。香閨寂寂，午後陽光透簾。「我愛睡，吃嘛，我倒不介意。」慵懶地伸個懶腰。噢！美而艷豐，柔骨體媚，無愧「睡美人」美名。其時我受職《翡翠周刊》，白韻琴提議籌劃「影壇大美人特輯」，我一下子想起葉楓。白韻琴拍胸：「好！包在我身上。」於是有了黃昏探訪尖沙嘴葉家之行。事隔三十多年，細節已模糊，節骨眼上的事仍存記憶。不問如何進影壇，只詢喜歡跟哪個男明星合作？想也不想便道：「當然是Peter

（陳厚），他好幽默，走到哪兒，都引起笑聲。」喜劇聖手，英年早逝，提起他，葉楓長長的吁了口氣：「陳厚、樂蒂的婚姻是一幕悲劇，唉！」換個話題，憂鬱小生雷震又如何？「哈哈！你們都給他騙了，喜歡說笑，爽朗得緊哪！」一言戳破，原來憂鬱小生，表裏不一，一點不憂鬱。我以葉楓身高一七零，合作夥伴當以喬宏最合。「對對對！我倆合作愉快。」再舉以江山（註：邵氏男星，專演鐵金剛角色），一笑答道：「他比較呆板。」率直，胸無阻膈，我膽子頓壯，談到婚姻，一共三段：首先是印籍人士；繼而張揚、余友招官堂兄。「我倆性格不合，還是分的好。」輕描淡寫，不以為意。

葉楓

六十年代初，不滿「電懋」人事，葉楓蟬曳「邵氏」，鍾啟文因而丟飯碗。六五年拍《痴情淚》，跟凌雲結情緣，復奏第三度結婚進行曲。《痴》片導演是秦劍，葉楓豎起大拇指：「他蠻有才華的，可惜沉迷賭博，害死自己，也苦了林翠。」跟凌雲十八年，最後還是仳離，美人情場多波折，可憐傷傷不了伊，追逐者眾，連誼女關之琳丈夫王國旌也拜倒誼岳母石榴裙下。王是花花公子，抱擁兩大美人，意猶未足，背着葉楓泡妞，給抓住，二話不說，三岔路耳光刮了上去，敢作敢為，正是漢口王玖玲。重原則，不畏權，投「邵氏」，合約訂明不當二步針，偏偏《藍與黑》要她居林黛之後，誓死不從，恩師陶秦居中斡旋不果，終於易角，丁紅頂替。在「邵氏」僅拍了六部戲，六九年息影。西窗日落，紅霞滿天，告別時，白韻琴請教美容之道，櫻唇張，鶯音吐：一日一蘋果，六杯暖清水，好好睡，簡單易做。一五年九月，移居台灣跟初戀李南輝相依的葉楓來港聽葛蘭唱京戲，友人拍下照片傳我，肌膚玉雪，風采依然。

疑幻似真的藍潔瑛事件

「靚絕五台山」的藍潔瑛近日又成風雲人物，內地記者卓偉重發一三年視頻，控訴兩位影壇大哥性侵。當年此乃震撼影壇的大新聞，惟人們的興趣不在受害者，而於兩位大哥是何許人也？揣測紛紜，歸納東西南北消息，疑似人物竟是義氣硬漢鄧光榮和搞笑高手曾志偉，事出意外，教人震驚。鄧光榮潘安貌兒，張生龐兒，風風流流，女人無數，何須幹此勾當。於是有人疑心五十遲暮美人不耐寂寞，借故炒作，也有說美人神智失常，胡言亂語，不值一哂，人同此心，傳言淡化，遂止。可今趟卓偉視頻效果實有異前者，發聲者據云是藍潔瑛閨蜜楊曼莉，直指性侵者是鄧、曾二人，一經定論，民憤四起，紛紛口罵筆伐。大哥鄧早死而免難，志偉悲矣，驟成眾矢之的，被詈罵，遭批鬥，大色狼、殺千刀、下三濫咒個不停。羊群心理起效應，即有名模之母一頭白髮的韓穎華女士排闥而出，大義凜然，聲聲河東獅吼：曾志偉在香港用迷姦水迷暈旗下七名天姿國色模特兒，意圖不軌，聲討比卓偉尤為激烈。韓女士緣何得知？這就不能不誇伊人教導有方，志偉春風滿臉，洋洋自得帶着七名女模並六名土豪唱K，席間勸酒頻頻，女模不勝酒意，志偉趁機落手。其中一名女模離座如廁回來，想起韓姨說過回座勿喝杯前酒，這才幸免於難。天呀！人證、物證俱在，色狼，媽拉羔子，有啥說？志偉老友們都捏了身汗。好個志偉，亦非省油燈，兵來將擋，召開記招。哇！厲害矣！中港台記者蜂擁而至，爭相發問，一一否認指控罪，更聲言狀告造謠者，矛頭直指名模媽。不到一小時，韓姨回敬：法庭見真章。嘿！好戲在後頭。

志偉我不熟悉，跟鄧光榮倒頗有往來，八十年代末我為「大榮」編劇，因而常跟衣履光鮮的大哥見面，說其人，正義孝順，愛護妻女，嘗言「婚姻要負責，絕不離婚。」言行一致，鮮有緋聞。我不信，詰之，回應：講無女人埋身，阿沈！大哥呃你，不過我有底線。如斯性格，常理言之，難以相信會性侵藍潔瑛。翻看視頻，美人提鄧光榮時，言語不詳，說到志偉，則羅列分明，了無混淆。志偉拿着酒店房門鑰匙啟門而入，餓虎擒羊，美人成狼吻。肇事地點遠在獅國，蕭若元說九一年志偉在那兒拍戲，戲匭《五虎將之決裂》，藍潔瑛應邀往探班，距今廿七年矣。志偉承認有此事，可時維九八年，相差達七年。是年志偉主演的《越快樂越墮落》獲新加坡國際電影節國際影評人費比斯特別提名獎，心花怒放，邀美人探班，順理成章。無巧不成話，伊人失常，也在同年後。（莫非真遭性侵，精神失常？）不過九八年九月，潔瑛淺水灣曾遇車禍入院，自此瘋瘋癲癲，惶惶不可終日。

就此事問兩位影壇大哥，一文一武，文者教父吳思遠，回道：不曾聽聞，無法奉告；武者硬漢陳惠敏又如何說道？「西城呀！」沙啞帶客家口音的廣東話：「邊處有呢件事，我唔信。廿幾年前D事，而家講？有就報警，等警方去查。」聽二者言，似乎不大相信。亦有影圈中人說：會否檯底交易，私了，此乃當年潛規則。熟悉志偉的人，都知彼好酒無量，喝至酪酊大醉，失掉方寸，大有可能，說性侵，存疑。公說公理，婆說婆理，事情進入迷宮。我素喜推理，不妨為之梳爬，事情真相不出下列幾項：（A）旨在炒作；（B）確有其事；（C）胡言妄語。何者是真？難說難說。可控人性侵，要有真憑實據，絕不能未審先作道德判斷。今卓偉，韓姨諸人，將事件炒至沸沸揚揚，彷彿志偉便是世紀色魔，實有辱彼之名聲。到底事情是真是假，無人能預見，我狐疑的是為何目前事僅有Suspect，卻不見有 Plaintiff？藍潔瑛作了沉默羔羊，脫險女模則影蹤全無，天哪！告訴我，啥格事體？

舊時風月

童時，上海爺叔說風月，痴迷竟日。上海好地方，摩天大廈、自動樓梯、雙層巴士、無軌電車、不遜倫敦、巴黎。那數之不盡的書寓，堂子，子安、春帆等才人徜徉其間，章台折柳，嫖賭吃喝，青樓一夢，只剩滿腹嫖經。四九年中共入主，風雲色變，風月南遷，香港承其餘緒，得享小上海美譽。五十年代中，我家千呎小樓，每日匯聚母親的姊妹淘，鶯鶯燕燕，風韻猶存。母親叫大姊的三阿姐，蘇州美人，軟語輕柔，入耳留餘音。我初見她，四十不到，窈窕瘦弱，眉目含情，唇一點小桃英，趾雙翹瘦於蓮瓣。聽說是上海大亨黃金榮的情人，氣派果不凡，一封紅包飛來，拆開看，赫然一百港幣乙張。那年代普通家庭一月所得不外三百左右，三阿姐玉手一揮，便是一百，嚇煞人。伊之行頭也挺刮，緞子紫旗袍鑲碎鑽，閃閃生亮，配同色高蹻鞋子和皮包，派頭一落；玉腕勞力士白金錶，粉脖晶瑩珍珠鍊子，襯得絕妙。母親説：「唔嘸格種行頭，休想要在上海灘立足。」除了三阿姐，其他阿姨也是不遑多讓，有「炒雞蛋」者，明眸善睞，膚如凝脂，因而得名。伊人好煙，象牙描金煙嘴，大不列顛銀煙盒，登喜路打火機，登的一聲響，我知道「炒雞蛋」阿姨抽煙了！伊抽煙，好看得要死，眼波流，半帶羞，櫻唇微張，白煙嬝嬝，着臉心迷。還有丹琪，明眉慧眼，纖趺柔腰，周郎盡折腰，爭作裙下臣。

到我識賞風月，已是六十年代中期，酒樓夜總會盛行，午間品茗，晚上燈紅酒綠，曼舞妙韻，城開不夜。灣畔六國飯店二樓的仙掌夜總會，不以歌聞，而係一宗綁架案使其得享盛譽。此即轟動一時的三狼案，被綁者為香港富商黃應求，因認出綁架者為其親戚李渭而遭撕票。港人好奇心重，紛紛奔向仙掌要看看有何特別之處。看後，無甚可觀，生意不如前，終至歇業，甘露代之而起。上海美人麥韻，柔曼豐盈，喜唱《良夜不能留》，我則思唱反調，良夜最好留。小靈精莉莉，翠眉玉頰，漆瞳赤唇，以《綠島小夜曲》迷盡捧場客。莉莉蔣姓，為海派作家過來人養女，呵護備至，每晚必邀朋請友聽唱，莉莉遂走紅。甘露東行至銅鑼灣，有六十年代尾興起的翠谷，台灣大牌歌星青山、謝雷、鮑立、洪鍾、姚蘇蓉、趙曉君、楊小萍、冉肖玲來港，必登場於此。台調時代曲有別上海時代曲，青山的醇厚，姚蘇蓉的哭腔，眾口交譽。華燈上，人頭湧，翠谷座無虛設，立無隙地，客人樂，老闆喜。翠谷後背面為豪華樓，京菜馳名。黃梅調歌后靜婷長駐獻歌，《痴痴地等》、《藍與黑》、《明日之歌》聽極不厭。《藍與黑》，王藍大哥名作，跟徐速的《星星、月亮、太陽》齊名，拍成電影，王福齡譜曲、陶秦填詞，這歌難唱，除了靜婷，誰也唱不好。靜婷以外，還有香港甜心江玲，一曲《愛你在心口難開》唱遍大街小巷。友人徐華首先發現江玲才華，初鬻歌於灣仔英京酒家，後跟隨徐華輾轉舞榭歌台，日漸走紅。

一街之隔是東興樓，以本地名歌星作主打，張露、霜華俱是一流歌后。張露的《蘋果花》唱得比楊燕早，《給我一個吻》更是朗朗上口的名曲。霜華，小吳鶯音也，《明月千里寄相思》幾可以假亂真。百德新街街首有珠城，小白光徐小鳳主唱，蘋果花楊燕自台灣來，亦駐足其間。有巨賈死命追求而不納，我唱我歌，追求真愛，名利不擾我心，舊日台妹多類此。偶有詣珠城，難忘周萍，楊柳晚風，芙蓉曉日，意態撩人。五十年後今夜，煙雨濛濛，過路灣畔，珠城不現，翠谷無痕，江水東流，永不回頭。

「杜老誌」與杜老誌

金庸髮妻杜冶芬有雅號曰「杜老誌」，原因是其時家居附近有一家杜老誌舞廳（下稱杜記），報館同事就戲稱伊為「杜老誌」。當年的杜記是港島第一大舞廳，黃昏開門，午夜閉戶。時人多未去過，卻喜把它掛在口邊，以炫彼之風流史，這其實是馮京、馬涼之誤。七十年代杜記風光不再，接之而起是同街對面的新杜老誌夜總會，名雖相同，格調各異。前者是滬式老舞廳，小姐徜徉其間，賣的是風情調笑，少有身體接觸；後者承傳東洋風而稍作變革，成為七、八十年代即食文化先鋒。客人急色，小姐愛錢，銀貨兩訖，了無轇轕，昔日追求藝術無存焉。我有幸在六十年代中期，隨堂兄往詣杜記，同行有沈老闆，業西藥批發，賺了大錢，好玩愛鬧而無膽，從不敢去杜記。堂兄年輕時，是香港健美先生，英挺不凡，舉止風雅，人稱「小開」。沈老闆邀之壯膽，遂有三人行。雨將華燈迷濛，風把色心吹動，我們仨闖銷金窩、桃源洞。到了門口，沈老闆心慌意亂，欲打退堂鼓。（使不得！）堂兄一把揪住，我從後一推，三人溜了進去。雖未曾履斯地，可不陌生，家母姊妹淘的丈夫小廣東鄧叔叔是資深大班，朝中有人好辦事唄！鄧叔叔一見我，溫言軟語道：「放心小開！我唔會話畀你阿媽知。」跟着介紹小姐上枱來。

茶舞旺，晚舞淡，大舞廳常規。廳內，客人盈堂，煙霧繚繞，放眼看舞客盡多中老紳士，像我仨，罕見。未幾，三位小姐上枱，俱衣旗袍，甫坐下，幽香襲鼻。堂兄嗡着鼻子嗅了一下：「啊！好香！」趣怪模樣逗得三位小姐噗哧笑起來。香水高檔次，有異長城、新加美。三姝中，兩人上海籍，另一本地人氏，都善交際，問了姓氏，揚手示意我們喝茶。舞廳不沽酒，清茶一杯，紅、黑瓜子兩碟奉客，嫌單調？可召滿場飛的糖果小妹來，脖子上掛着的糖果盤，香口糖、朱古力、花生米應有盡有，任君挑選。沈老闆平日治遊，口不停，言不止，今夜默默無語。堂兄輕輕推我一把，低聲道：「作死，阿沈的腳在發抖哪！」廣東人沒見過夜上海場面，不稀奇。兩隻音樂過後，三位小姐轉枱子，又有三位上海女郎接上，看時間，不外六分鐘左右。茶舞一票四元四角，比起新加美，貴了三元三角，六分鐘，四元四角，好貴！堂兄是舞王，一聽音樂，立馬拉着小姐往舞池走。我不擅舞，只好陪小姐嘮嗑，上海小姐嘛，我們講上海話。「弟弟！儂第一趟來？以前唔嘸看見過！」阿姐先發話。「是格，格得第一趟。」我回答。阿姐好奇問：「拿平常去嗄裏得白相？」回以新加美。「啊唷！老高檔哉。」新加美是僅次於杜記的舞廳，非一般人能去。我有一個小女朋友在哪裏上班，茶舞捧場，晚舞下場。茶舞一元一角，攢了《明燈日報》二百多元稿費，足可消磨。語稍歇，回首看，那個沈老闆依然默不作聲在發抖。你會奇怪：沈老闆口袋裏不缺錢呀！為什麼怕？那你們可就不知道了，杜記侍客，不講你鈔票有多少，只問閣下身份配不配？那年代上門客人，皆有錢大爺，白領階級哪敢上門。

拙著《風月留痕》這樣寫杜記——「杜老誌之所以成為第一流的舞廳，跟它的裝修豪華與否，全然無關。可以說杜老誌的裝修並不豪華，除了那圓形舞池，四邊圍黃銅柱比較特別一點外，其他陳設，甚為普通。」你會問何以杜記會雄霸舞國？「原因之一，在於小姐質素。不能說所有杜記的小姐都漂亮，然而她們幾乎每個人都擁有本身的特色，用一句最普通的話來表達，就是有她個人的氣質，或表現在舉止上，或反映在言語中，令客人無法不貼服。原因之二是客人的品格高尚。上杜老誌的客人，十居其九都是非富則貴，因為有了身份，都不會是急色鬼，這就讓杜老誌由始至終都瀰漫着一種高貴浪漫的氣氛，成為樂而不淫的銷金窩。」時移物換，妙舞清歌不可得而聞，名花瑤草不可得而賞，美人塵土，盛衰感慨，無逾此也！

紙醉金迷的杜老誌

兩張故紙——

《板橋雜記》有云——「時移物換，十年舊夢，依約揚州，一片歡場，鞠為茂草，紅牙碧串，妙舞清歌，不可得而聞也；洞房綺疏，湘簾繡幕，不可得而見也；名花瑤草，錦瑟犀毗，不可得而賞也；間亦過之，蒿藜滿眼，樓管劫灰，美人塵土，盛衰感慨，豈復有過此者乎？」掩卷，慨嘆莫名，余之風流在於此，亦逝於此也。轉眼白頭，稍誌前塵，權作談佐，並無誨淫之意。

友人蕭君捎來兩張故紙，細看，乃昔日（六十年代）杜老誌舞廳單張，一為場內收費表，定明「茶舞四元；晚舞十元。帶出帶入每票十元，冷熱飲品每款三元。」略加註明，杜老誌舞廳收費當年是全港之冠，僅九龍東方可與之比肩。茶舞時段五到九時，晚舞九至一時。茶舞四元是指兩節音樂，約五分鐘，首節為輕快節奏，以喳喳、牛仔為主，次拍則是慢舞，四步、華爾滋、探戈交集，肌膚相接，鼻息可聞，舞客稍享溫馨。音樂止，燈光亮，小姐手執舞票，蝴蝶盤旋，紛紛過枱，未幾，燈又暗，音樂起，又是第二張枱票了。如是者，舞國小姐輪流轉，一小時豈非可得十二票，即近五十元？事實並非如此，老鬼客人懂得挑，小姐二紅三冷（不紅不黑），一小時枱票大抵二十元，跳兩小時連小費，五十元足夠矣。茶舞始於五時半，實則人客要在七點過後，方陸續入場，而多聚於八點到九點時段，此際，場內人頭湧湧，鶯歌燕舞，嬌聲嚦嚦，耳畔盡聽得「蓉蓉，黃老闆找你！」；「愛妮，太子陳電話！」大班呼喚小姐之聲，此起彼落，跟樂台樂聲交織成歡場交響曲。小姐風車轉，舞客如鷹隼，忙於狩獵，看中對眼可人兒，即召之上枱。時間過得快，約在八點四十五分，人客陸續散去。金山銀山的闊客擁美出外謀醉，覓不到心頭好的客人，含恨下樓。晚舞九點開始，場內人客疏落，小貓一二，台上音樂，斷斷續續，拖拖拉拉，了無生氣。十時過後，客人仍不多，原來豪客蟬曳殘聲過別枝，都去了夜總會跳舞、吃飯，難再回頭。跳晚舞者，也多是攝攝牆腳，捧捧冷板皇后，聊以遣夜。夜央，紅小姐大芳蹤仍杳然，欲睹風姿，明晚請早。十元一票的晚舞，跟茶舞有點不一樣，音樂較長，轉枱稍慢，除此無大不同。上海紅小姐最會算帳，茶舞出街，多揀樓上五月花酒家，便於上落，飯後訛客「阿張，阿姐（大班）有點勿適意，我要回公司看看！」美人有求，豪客焉能推拒？於是帶進場，小姐又有枱票可賺，一出一入，收入不小。老友銀行家廖君，生前常詒杜老誌，告我從不理會枱票若干，出街一張駝背佬（五百），連場面小賬，不下八百，再算酒樓消費，一夜花費約二千。那年代，一家建築公司的總經理月薪不外一千元，廖君一夜所秏，為經理兩個月工資。小姐一夜一千，一月三萬，還未算貴客餽贈哩！好嚇人！邵氏明星大有不如。大姐丁芝，常言道「小阿弟，邵氏尋我拍電影，一部兩千塊，我睬阿勿睬伊，啥價纏頭勁，阿姐勒公司一個月起碼幾萬隻羊！」可知那時的舞國紅星，身價嚇煞人。

杜老誌的收費表列明十一點帶返170元，十二點後則收240元。至於帶出十點前240元，十二點後170元。可大老闆哪會看價目，出手必然500大元，倘要看價目表，就顯得小家敗氣，大失身份。不少大老闆深覺240元出手，太寒酸，我的畢世伯好闊，給小姐五百，還柔聲問「阿夠伐？」小姐癟癟嘴，第二張五百又塞到玉手上。

第二張是小姐花名表，一列17名，共有十二欄，小姐共有204名，繁星點點，眼花繚亂。號稱老字號，大舞廳，小姐花名冊印製質量不如新加美。新加美茶舞一元，晚舞四元，比杜老誌便宜得多，可小姐花名冊，考究亮麗，先是欄目清晰，註明男、女大班名字，下列旗下小姐芳名並語言能力。芳名旁邊有上下四個小格，寫着「日，英、粵、滬」，說明小姐能講日語、廣東話、英文和上海話。捧場客人選小姐，容易得多，上海客選上海小姐，廣東佬揀廣東妹，外國人上來捧場，自然挑略懂洋涇濱英語的佳麗。這花名冊還有個大優點，一是列明大班名號，便於挑選，你跟哪個大班熟，就挑他（她）旗下小姐，你喜田夢，便在她名字上打個圈，直接了當。也有只圈大班的，表明閣下慷慨，任由大班安排，有美女就上枱吧！蕭君傳來的名單，我瞧了一眼，我熟悉的丁芝、杏桃、小樂蒂、石玲和泰來並不在內，再細看，赫然有江濤、汪燕玲和方靜文的名字，因知這張花名冊應是七十年代後之物。我於六七年，偕堂哥、沈老闆泡杜老誌，最紅的小姐是丁芝、小樂蒂和杏桃，有幸親睹芳容，其姿色之艷，風韻之濃，中人欲醉。時至今日，偶有念及，仍覺酡然。晃眼五十餘年，若是道左相逢，那傴背走路蹣跚的老人兒，許會是昔日風采誘人的丁芝姊嗎？

舞國紅粉——

先釋杜老誌之名，原來有其根據，十九世紀殖民地時代，香港署理港督M.S杜老誌是印蘇混血兒，任內政績斐然，有紀念必要，遂以灣仔一條馬路命名誌之。四八年殷商黃球夥同南下上海幫大戶，開設舞廳，就地取材，冠名「杜老誌」。六十年代中期，我除了跟堂兄去逛「新加美」，偶然也會到「杜老誌」、「富士」。「杜老誌」在我心目中是一座高不可攀的宮殿，每當走過它門前，都有種莫名的自卑。當年，「杜老誌」氣派比諸八十年代的「大富豪」、「中國城」不知要高出多少倍，上門客人，非富即貴，白領階級豈敢去串門子！「杜老誌」不講你口袋有錢與否，只問閣下身份配不配？「杜老誌」稱舞廳第一，跟它的裝修豪華無關，以論裝飾，並非出色，除了那個舞池地板裝有彈簧，較為別緻，其他陳設，平平無奇。閻蘭亭世伯評之曰「觸依那，哪能搭上海

『百樂門』、『仙樂斯』相比。推板太遠了！」我第一次去「杜老誌」，因有了去「新加美」的經驗，心兒再沒砰砰跳，在四方形枱子坐下之後，經過十多分鐘的瀏覽，漸漸明白「杜老誌」會成為第一流舞廳的原因，其一是小姐質素，不能說所有「杜老誌」小姐都美貌如花，可她們幾乎每個人都有着本身特色，用一句最普通的話來表述，便是有個人氣質，或表現在舉止上，或反映在言語中，令捧場客無法不貼服。場上有一個上海小姐叫丁芝，有一雙會說話的眼睛，瞟你一眼，你立即全身觸電發酥。其二是客人品格清高，上「杜老誌」的客人，十居其九都是名流紳士，巨賈富豪，碍於身份，不能顯得急色，因而「杜老誌」由始至終瀰漫着一種高尚平和氣氛，成為樂而不淫的銷金窩，這兩種特質，正是「新加美」、「富士」所匱乏，那年代，大抵只有隔江相向的「東方」可與之抗衡。

「杜老誌」其時有兩個極其出色的美人，一曰泰來，藝名改得真好，否極則泰來，外型酷似楊貴妃，明眸酷齒，豐腴溫潤，小腿均勻，此點最為難得。多數女人身胖，腿就自然粗，像泰來，人腴美而腿不粗，可謂鳳毛麟角。有此優點，一流紅小姐地位，捨伊誰屬？泰來家住渣甸山，上班、下班，平治跑車代步。平治汽車，如今小兒科，落在六十年代，有一輛平治，突顯身價，氣勢凌人。泰來的跑車，自是殷客相送，正好反映出其時客人手段之闊綽，非同凡響。其實客人送車有啥稀奇？不少豪客為求一親香澤，還餽贈金屋呢！已故地產商陳德泰，生前名響「杜老誌」，出手駭人，贈樓佳人，馳譽舞林。泰來後來被星探相中，易名轉行拍電影，成為天字第一號肉彈。誰呀？暫不告訴你！泰來在「杜老誌」紅透半邊天，拜倒伊石榴裙下的火山孝子、屈指難數。我的老大哥上海阿朱豐神俊朗，翩翩公子，與伊有緣，鞍前馬後，侍奉周到，因而有機會跟泰來「怡香」宵夜，軟語溫馨，魂飛魄蕩，哪有心思吃食，眼睛只顧吃冰淇淋矣！還有一位甜姐兒，人稱小樂蒂，為何有此雅號？就是長得像邵氏古典美人樂蒂。小樂蒂的確酷似真樂蒂，臉蛋起碼像了八九分，舞客們齊聲道「喲，太像了！」因此她的枱子旺到不得了，等閑人客根本坐不到她的枱子，一天、兩天，痴痴地等。

泰來醉心第八藝術，小樂蒂可沒此大志，沉迷賭博，無賭不歡，麻雀、牌九，21點，樣樣皆嗜。那時，還沒有水翼船，就坐大船過澳門，跟士丹利‧何比拼，往往可以去三日三夜，不見芳蹤。大班打鑼四處覓，呼天叫地，不見伊人影。如此放肆，只緣身邊有個大老闆看顧。茶來伸手，飯來張口，不愁生活。看她賭得厲害，勸她歇歇手，杏眼圓睜，大小姐發嬌嗔「小阿弟，我怕啥絲（寧波話，即怕什麼），輸脱嘛，一個長途電話，老甲魚就乖乖給我送鈔票過來了，喏，價五百隻洋，儂拿去用！」小樂蒂蠻大方的，我也不爭氣，用了女人錢。她口中那個老甲魚，做的是火水生意，在煤氣、石油氣並不大行其道的年代，做火水生意的商人，正如廣東人所說，「發過豬頭炳」，女人身上花他媽的幾個錢，算啥！有一趟，在澳門全軍盡墨，臉不變，氣不喘，就叫場子上的人替她打一通長途電話到香港，向老甲魚調動二十萬。大老闆一聽，眉頭不皺，當下對場子上的人說：「給她好了，掛我的賬。」四十年前，二十萬，你可知道相當於現在多少錢？那時候，普通房子大約是四、五萬，二十萬，足可購它四層了，放到現在，唉！是什麼價錢？小樂蒂呀，一夜間，輸掉四層房子，賭性之重，你說要勿要嚇死人！小樂蒂自恃麗質天生，揮霍無度，從不為將來打算。結果如何？說出來，你不會相信，要不是我親眼目睹，也不敢置信。

繁華如夢——

四十二年前某日，我去一家老舞廳，非為消遣，而係負有任務，其時我在TVB工作，碰巧有個劇集叫《鱷魚潭》，劇情描述舊日情懷，氣氛浪漫，因而要覓個舊日場所，我忝為策劃，自有責任去找場景。找呀找，找到灣畔巴喇沙「瓊樓」舞廳。說起「瓊樓」，以前確也名噪一時，上「瓊樓」是高檔娛樂，迨「新加美」、「富士」崛興，始漸式微。到八十年代，「瓊樓」已淪為老人院，舞客老，小姐老，音樂老，地方老，四老全。我坐下開了枱，女大班過來問枱子，說要介紹一個小姐來坐，聲明在先「以前是紅絕一時的小姐，如今尚能一看！」燈光暗，伊人來，暗香吹，嗓音嬌，足可滿足視覺、聽覺之慾。一坐下，面熟陌生，彼此暗自思量。談了兩三分鐘，雙方不期然地喊起來：「是濃！」伊人非別，正是昔日「杜老誌」紅小姐、火水殷商的禁臠——小樂蒂是也。真想不到會在「瓊樓」相遇，故人重逢，悲喜交乍。

小樂蒂說：「想不到會在這裏遇到我伐！」

我搖首：「呀，當然想不到，還有去澳門玩嗎？」

小樂蒂說：「沒有了，想去也沒得去！」一攤雙手：「孀的身世，去來做啥？對勿？」我跟住問了一個如今想來十分愚蠢的問題：「老甲魚呢？」

小樂蒂悶聲不響，拿起枱上打火機，「錚」地擦亮一照：「看吧！」指指眼角，全是魚尾紋：「老蟹一隻，還有男人要我勿？」聲音充滿荒涼。對呀！她現在這個樣子，會有哪個男人愛？逃也來不及。我哪好意思再問下去。

小樂蒂忽地問：「小阿弟，待會帶阿姐出去吃飯好嗎？」我才說聲「好」，她已站起來：「我去拿皮包！」言訖，拖動蓮步，直往休息室走。要是換上以前，甭想！十五分鐘後，我拖着一個過氣紅小姐在駱克道上走。路人沒一個投來艷羨的眼光，偶爾也有人望過來，敢情是在說：「幹嘛拖着老媽咪散步呀！」我不以為忤，能跟一個過氣紅小姐挽手漫行，虛榮感仍在高漲。女人不能老，尤其是歡場女人，更加老不得，一旦老，就得悄然引退。可引退要有條件，有錢才能退，沒錢退什麼？惟有像小樂蒂那樣，泡在老人院裏，任人魚肉。我禮貌地問小樂蒂到哪兒吃飯，她苦笑回說「隨便」。我領着她走進「三六九」上海菜館，小樂蒂急不及待地挑了「麻婆豆腐」、「回鍋肉」、「雞油白菜」等便宜得不能再便宜的菜式，派頭大異於前，倘在十年前，我的阿姐，準叫「鮑參翅肚」，吃你冤大頭。看着她那副狼吞虎嚥地吃相，真有無比的感喟，女人年輕當紅時，不好好圖個打算，韶華老去，下場慘淡，小樂蒂便是活生生的現成殘酷例子。那天別後，再也沒見過小樂蒂，伊人若然在，當近八旬，真真正正的老太婆矣！

（註：此文專為是書而寫。）

紅小姐氣派萬千

六十年代杜老誌紅小姐，相互競艷，各自炫耀，先從衣、食、住、行着手。輸人不輸陣，美人泰萊、小樂蒂、江濤一身打扮，或珠光寶氣，或清麗脱俗，都不遜滬上名雌。穿在身上的長裙、外套，購自中環「連卡佛」和「惠羅」公司，這兩家英資百貨名店，所售衣物，盡屬高檔，動輒千餘。有名牌衣服，要有首飾配襯，鑽戒最流行，名表不可缺，「勞力士」、「奥米茄」是心頭肉，周生生金行和藝林表行是首選；足上高跟皮鞋多來自「華納」跟「藍棠」；吃的自是山珍海錯，晚飯，上海小姐愛光顧「老正興」、「天香樓」；廣東小姐最喜歡「告羅士打酒家」、「敘香園」。消夜嘛，多聚於灣畔「東興樓」、「豪華樓」、「祥記」和「怡香」，尤其係「怡香」，打冷馳譽港九，南北佳麗鍥而不捨；「祥記」粵菜也不弱，一味釀蒸豆腐，教人垂涎欲滴。後來又多了「一家春」、「上海飯店」，「一家春」的咖哩牛肉粉絲湯，湯濃肉香，尤為一絕。小姐怕發胖，一胖現三醜，紅牌變冷板，不行啊！遂挑鮮魚而捨肉，最愛廣東石斑和上海小黃魚，兩者皆美味，裨益肌膚。湯羹方面，上海以鯊魚羹最吃香；廣東嘛，不離魚翅。有好菜，豈能沒美酒？五十年代，盛行拔蘭地，「三星」斧頭牌頂呱呱，喜慶宴會，煙花場所，每枱一兩瓶；俟六十年代，「V·S·O·P」、長頸「F·O·V」異軍突起，斧頭牌棄如敝屣；跟着又有了「沙樽」，瓶形矮圓飽滿，瓶不透光，因而得名。威士忌嘛，洋人以外，捧場客不多。至於紅酒，沒見人沾唇，真的要來些閒酒，葡萄美酒勉可湊合。

小姐香閨何處在？香港銅鑼灣百德新街，地近鬧市，出入方便，最為小姐喜歡，其次是跑馬地黃泥涌道和北角堡壘街，旺中帶靜，有上海霞飛路、愚園路小洋房的氣味。對海「東方」貨腰小姐，十居其九住在太子道和窩打老道，她們作興下午到附近的「咖啡屋」喝咖啡，「藍白」時裝做旗袍。也有住在尖沙咀，漆咸道最中小姐意，面對漆咸兵營，有園林勝景之妙；除此，寶勒巷、麼地道、河內道、天文台道、加連威老道也是小姐們聚居之所！這裏各式食肆雲集，吃喝方便，「上海飯店」、「喬家柵」、「千里香」……日落推門進，總見紅小姐，言笑晏晏，據枱進膳。香閨陳設，亦具鏡奩几榻之美，湘簾繡被，瓶光畫幀，有勝於滬上書寓者。客廳歐式沙發一套，桃木小几陪襯，飯廳柚木圓枱，伴以柚木椅，結實耐看，配一盞小型水晶吊燈，派頭一落。曾去過「杜老誌」酒后石玲跑馬地「翠景樓」的香閨，牆上酒櫃盡是佳釀，拔蘭地、威士忌、氈酒、冧酒、伏特加……琳瑯滿目，應有盡有。石玲姊，舉杯一醉吧！情濃胸緊湊，款洽臂輕籠，剩把銀釭照，猶恐是夢中！閨房裏，薌夢思，軟綿綿，舒服透，我願作檀郎。既是紅小姐，家裏必僱有「娘姨」，客人踵門，香茶侍候，再來小吃，賓至如歸。出入求方便，紅小姐自備「平治」、「柯士甸」、「喜臨門」轎車，沒汽車的，出入必然搭的士，絕不作興蕩馬路，就算是到一個街口開外的處所，死命也要坐的士，的士不來，寧可枯等，這叫做Class，你弄明白了沒有？

六十年代的舞國紅星，都愛講派頭，除了表現在衣食住行上，還喜歡通過客人來比高低、顯身價。紅小姐的客人，大部分是生意人。小樂蒂嬌小，如香扇墜，明眸皓齒，笑靨如花，她的恩客是做火水生意的，腰纏萬貫，伊到澳門賭錢，輸光了，一通長途電話，老甲魚乖乖送錢來。江濤燦若雲荼，艷如桃李，自「新加美」轉場，迅即成為炙手可熱的小姐，她的大老闆是一位地產商，百德新街一條街上，有不少是他的物業，富可敵國。花國魁首泰萊棲渣甸山，駕平治跑車上班，伊人眉黛低橫，秋波斜視，正是：兩朵桃花上臉來，眉眼迤開真色婦，後離舞國入影圈，成一方艷星，萬男爭睹，如今已是古稀老婦！

金牌之夜目睹記

紅小姐，豈常人哉？標奇立異，與眾不同。一般舞廳，如新加美，富士，客人多約小姐在外面吃飯、跳舞。歡娛終，握手別，予以五百，乾淨利落，皆大歡喜。可要顯身份，杜老誌紅小姐作興叫客人帶進帶出。所謂帶進帶出，就是茶舞帶入場，晚舞帶出街，除付場上費用，還得塞一張陀背佬（500元）。央大客帶進場，用意是先向其他姊妹示威，套句上海話，就是「別苗頭」。我的大阿姐丁芝，就曾試過一個星期六天（星期天休息），都由不同的客人帶她進場。六個客人，全是在社會上有頭有臉的名譽人，地產商、珠寶商、股票商：如何能不掀起全場哄動？丁芝順理成章成為「杜老誌」紅星中的紅星。每年一度的舞廳週年紀念，是一眾紅星最着緊看重的大日子。這一天，場子選「金牌」小姐，一旦獲金牌小姐頭銜，差不多就是今年度舞國皇后。誰不想做「皇后」？你想，我想，她想！（嘿！咱們可有好戲瞧！）可要做皇后，真不容易哪！眾紅星扭盡六壬，各展奇謀，要壓低平日對手，把她踩在本小姐十根塗上蔻丹的玉趾底下。首先，紅星要拉恩客捧場——買票。票越買得多，做皇后的機會越大。於是放下平日身段、架子，電話一通通掛到恩客辦事處。「陳老細呀，嗰晚早啲上來！我等你喔——」「張大哥，儂你一定要來，儂弗來，小阿妹嘸末面子咯！」鶯聲嚦嚦，細語喁喁，迷湯一灌，色授魂與，忙不迭回以「識做識做」，「曉得曉得」。六十年代末的某一年，「杜老誌」選金牌小姐，那夜，我偕堂兄攀着紗廠幫的畢老闆，在場湊鬧猛。全場紅小姐都帶了大客捧場，他們爭相買票捧心儀已久的小姐。姚先生捧丁芝，一百票！陸先生捧杏桃，二百票！馬先生捧石玲二百五十票！蘇先生落江濤三百票，陳先生鵠泰來久，送四百票！小姐爭，恩客鬥，好看好看！一票大約是五元，四百票就是二千元，那年頭，打工仔月薪不外三五百元，不算少了。至於要當金牌小姐，沒一兩千票，甭要想。至於要做金牌中的金牌小姐（即皇后），嘿！沒一萬票，沒門！一萬票，鐵價五萬，相等當年洋樓一幢，厲害不？

小姐為爭面子，此時會對客人刻意奉承，蛇腰扭，媚眼抛，勾肩搭背，送上香吻。恩客飄飄然，鈔票一張張飛走。平日難親香澤的客人，只要這天夜裏，出手疏爽，隨時都有機會作問津漁郎。（這也不一定，有個大塊頭客人，買了江濤五千票，仍然怏怏然獨歸。）一到中夜，場內燈光轉暗，樂台上鼓聲雷鳴，司儀宣佈金牌皇后揭曉。小姐冷汗淋淋，心中怵怵：（千輸萬輸，弗要輸畢格隻小狐狸！）小狐狸者，即便是競爭對手。燈光亮，照在哪張枱子上，枱上坐着的小姐，便是皇后，一見並非小狐狸，心中舒坦，敗亦欣然。（也非人人看得開，酒后石玲慘敗，心有不忿。她對我說：細佬！我輸俾泰來、丁芝、江濤，無話講，衰俾個八婆，我唔抵得。連進一支半拔蘭地，醉卧街頭。蓬頭哭臉，連呼帯喊，吵呀吵，不肯回家。醉酒的女人，真難看！）那年的皇后並不美艷，只是她其中一位恩客出手兩萬票，計十萬大元，方能艷壓群芳，爭得殊榮，由是可知，金牌皇后往往不是平日場中天皇巨星，只要手握「有食力」恩客，烏鴉也可變凰。金牌皇后由恩客攙扶着，兩邊男女大班喝道開路，坐進電梯，直放樓下，登上平治名車，絕塵而去。吃不到葡萄的客人，惟有捶胸頓足，暗怨自己出手不夠闊，沒得美人，良夜虛度。算了吧！咱們九記宵夜，鵝片，雞腸，伴以杜康，足可解憂。

平民歌后何處去？

我聽歌，素不重名氣，名氣代表啥？不值一哂！滿眼都是歌星，可唱得好的有幾人？梅艷芳去世後，擅唱的已賣少見少，伸出十根指頭數，怕只能扳下兩三指，呂珊是其一，國語、粵語、英語歌曲都棒，風格也似梅艷芳，夏日聽之足可消暑。祖兒有進，也能解頤，是其二。再數，難矣哉！九十年代初，赴台北，會議畢，跑到西門町歌廳，聽美黛的歌。美黛是誰？香港人知道的不多，便是《意難忘》的原唱者，此曲改編自李香蘭主唱的日語歌謠《東京夜曲》，美黛唱來絲毫不遜於李香蘭，且駸駸然有超越之勢。劉鐵嶺教授作曹邱，美黛歌後下台來坐。奇而問之緣何在此鬻歌？（大歌星豈能紆尊降貴！）美黛淡淡地說：「在家悶得慌，到這裏來找點樂子！」答得真好。除了美黛，抒情歌后吳靜嫻也在座。這位吳小姐當年駐唱香港「翠谷」，迷死幾許中年男，那年風韻猶存。寒寒暄，吃吃笑，時間快過，步下歌廳，已屆中夜。遠處燈火明滅，乍明乍暗間，街角閃出兩條人影兒，男的揹着風琴，女的張口後放歌，怨怨淒淒戚戚，聽得心酸難忍。台北、台南兩市，多此類歌唱搭檔，一男一女沿街賣唱，東竄西奔，以聲悅賓，歌罷，托缽乞人打賞，豐儉由人。歌女曲藝不差，只是運蹇，落花飄零逐水流，上天弄人，奈何？

香港油麻地榕樹頭也有歌攤，華燈甫上，歌攤即開，張起帆布，亮燈奏樂，歌女逐一登場獻歌，觀眾圍觀如堵。多年前，信步至一歌攤，遇一女歌星，殘足，舉步蹣跚，仿小明星平喉腔，一曲《秋墳》繞耳不去。鼓掌讚之，她苦澀一笑說：「我的命比小明星還苦呀！小明星有王心帆眷顧，我……我有誰？」賣相欠佳，唯有填空檔，

「旺角小龍女」龍婷

知音有幾人？一日進金百餘，交租也不夠，白天要幹粗活幫補。我憐她，一曲予百金，她收下，哽咽：「大哥我唱《客途秋恨》與你聽！不收錢。」白駒榮腔：「涼風有信，秋月無邊，虧我思嬌情緒，好比度日如年……」淒婉哀人，我欲無言。前幾天路過，伊人已渺，我遂思嬌。正是：解作江南斷腸句，世間難容苦命女。

沮喪失落，信步前行，恍恍惚惚，忽聞遠處傳歌聲，啾咕有如春鳥鳴，極銷魂婉轉之致，循聲往覓，見不遠處圍着一群人，趨近看，圍處中央有一女郎，黑衣裙、平底鞋，左手抓咪高峰，輕唱時代曲，舉止風雅，綽似大家，於是駐足而聽。女郎繞圈歌唱，眾人紛紛解囊。轉瞬，手上鈔票盈帙，櫻唇吐語：「謝謝！謝謝了，請多指正。」性格溫和，談詞爽雅，無抹脂鄣袖習氣，風華之盛，一座盡傾。因憶不久前朋友曾提及旺角有一女郎，歌藝非凡，瘋魔歌迷，對號入座，當是此姝。看過朋友 YouTube 上的影片：女郎輕歌曼舞，笑靨醉人。朋友詢我意見，答以「不俗，不少歌星有不如也。」朋友大喜，硬拉我去聽。我性懶，不耐站，婉拒。如今想來，險失諸交臂，蓋好歌難有，女郎名龍婷，雅號「小龍女」，東北瀋陽人士，唱歌已逾二十年，輾轉酒吧、歌廊之間，練就一副好嗓音。南來香港，生計無着，唱曲為業，遊走港九，收入不定。一年前，進駐旺角，迅即爆紅。朋友問何以賣唱街頭？龍婷笑着回答：「我的歌迷都在這裏，他們風雨不改地來捧場，熱情洋溢，我捨不得他們。我覺得我是屬於旺角的，再也離不開了！」天道難測，《何日君再來》唱得好：「好花不常開，好景不常在，愁堆解笑眉，淚灑相思帶。」居民，舖戶不勝其煩，投訴有關部門嘈音擾人，區議會從眾議，決定殺街。四個月後，一切煙消雲散，歡樂不再。如是，莽莽香江，平民歌后龍婷何處去？愁煞歌迷，苦煞歌迷。你說咋辦？政府呀，政府！你既腰纏萬億，也該為平民百姓想方設法，立一個大眾消遣場所吧！

年少輕狂迷豔舞

年少輕狂，我亦難免，自十六歲始，舞榭歌台，醉生夢死，橫亙半世紀。二零零八年起，應友之邀，在《新報》撰述《香江風月》，連載經年，得九十萬字，其中八萬已付梓，成書《風月留痕》，後又易名《香港歡場辛酸史》，銷路尚可，惟餘下之八十二萬字仍束高閣，天日不見。友人慫我擷取原文部分，編成續集以饗讀者。本意甚佳，行之不易。十年前的文字，今番重讀，沙石累累，詰屈聱牙，不堪卒讀，非經修削，難入法眼。可這一來，工夫就得花費不少，年已邁，氣早衰，廉頗老矣，無能為力。存世一冊《風月留痕》，知音不少，已感滿足，人皆有欲，不能逾矩，是為中庸。常言道「得些好意須回手」，我最服膺。朋友飯局閒聊，每及風月，有寧波老大說滬上有定公、金公二家，香江昔日亦有澧記，今無承繼者，至為可惜，閣下既有八十萬字文稿，竟然敝帚自珍，是啥個道理？阿拉定要弄明白。前輩獅吼，小子何敢言，可我心衰精竭，實無餘力矣。若折衷而為，採截部分改寫，雞零狗碎，酒後茶餘，聊備清談，當樂為之。（註：《香港夜生活史》四冊二零年底出版。）

日昨與諸友説起六七十年代意大利喜劇電影，話題不離憨漢蘭杜布山卡與艷星愛雲芬芝，逸興遄飛，唾沫吐地，黃昏至，猶不知。蘭杜布山卡濃眉聳鼻，瞪眼如銅鈴，貌甚誇張，觀眾喜歡他。愛雲芬芝頎身玉立，皓齒明眸，異常妖冶，雖粗服亂頭，自有一顧傾城之致，半點不遜於夢露。兩人心相繫，一齣《嬌嬌女》，男的氣暗眼瞪，好似牛吼柳影，女的言嬌語澀，渾如鶯囀花間，你挑我逗，各擅勝場，正是樂而不淫，吾等盡入彀。六十年代初我還是中學生，零花錢不多，只能光顧公餘場，人細鬼大，專挑艷情片觀賞。有一部羅馬宮闈電影，接連看了三次不厭，電影水準高耶？非已，只緣內裏有羅馬兵追逐宮女，褫去宮袍鏡頭，乃香港電影史上第一趟露點，豈能不趨之若騖？還有一部白蓮達李參演的《虎將艷娘》，海盜首領撕去白蓮達上衣，抖露胸脯，三秒不到，已足攖心。艷情電影賣座，院商乘時放映《世界夜生活》、《歐洲夜生活》，名為紀錄各地風俗，羊頭狗肉，重在推銷春意滿溢的脱衣舞。其後靈機一觸，變本加厲，索性推出隨片登台雙料娛樂——電影加艷舞，僅略加票價（四元至五元）。千萬別以為是城寨艷舞，粗陋不文，害人雙目。院商真肯下本，登場者全是西洋妞兒，金髮垂肩，蛇腰晃臀，振人心弦。看過其中一場，時逾半世紀，依然歷歷在目。幕幔拉開，洋妞躍出，全身雪白，致致光瑩，盤旋舞台，紅唇烈焰，粲齒一笑，目若流星，顧盼煒如。未幾燈滅又亮，復登臺，側卧繡榻，自斟自酌，忽地一陣敲門聲，洋妞翻身而起，看得我大氣不敢抖，原來女郎身上無寸縷，豐隆之點，僅貼金葉，而墳起窪溝，隱隱映現。音樂響起如雷鼓聲，間以狂野呼號。全場觀眾情緒高漲，有人狂呼「甩了它，甩了它！」洋妞嫵媚一笑，搖螓首，擺纖手，扭蛇腰，踏碎步，重回榻上，復籠衾中，只露半腿，十枚玉趾騰空相互交叉搓捏，呻吟聲由濃至弱，至寂……燈暗幕落，伊人蹤影渺。台下掌聲中夾雜嘆息，唷！男人的靈魂兒還沒回來哪！前輩朱子家曾言——「第一流艷舞，重在露與未露之間，影影綽綽，這才能扣人心弦，血脈賁張哩！」賞舞心得，後進宜緊記。隨片登台鬧了一陣，不久星沉影寂，代之而起的是聯誼會真人艷舞，更奔放、更誘惑，那又是另一回事了。

誰想要好打得的媽媽？

「仙樂斯」，我時未忘懷。不僅在那裏碰見心儀的第一舞國美人——高蕙，還有那個叫「翠珊」的混血小姐，對她，我廢寢難忘。今夜雨下，路經金巴利道「新美麗華」酒店（即「仙樂斯」舊址），駐足而觀，尋思往事。六八年，我剛弱冠，跟阿強他們一班「九廣」鐵路工友，常到「仙樂斯」跳茶舞。大班何鵬、邱婆對我們特好，四個大男孩，坐兩位小姐，也不以為意。我們入息少，這樣就可以玩得久一點。那時候常來我枱子的小姐，是「萬紅」和「翠珊」，輪番來坐，對我非常的好。萬紅嬌小玲瓏，膚理玉色，豐神俊婉；翠珊娉婷嬌好，肌膚如雪，熱情奔放。翠珊喜笑，笑聲響亮，我一直以為她活得很快樂。

一夕黃昏，風吹臉寒，我偕阿強直上「仙樂斯」取暖。翠珊來坐，慣常的笑靨沒了，臉上是悲悒的愁容。我逗她說話，也是三句應一語，往日的爽朗和熱情何去？我意識到有什麼事發生在翠珊身上了。乘阿强擁着小姐出去舞池跳舞之際，我追問情由。這一問可糟糕，翠珊起初眨眼無言，再三追問，忍不住「哇」地哭了出來。這可把我嚇壞，隔壁枱子客人詫異的眼光都投到我身上，如利箭貫心，我渾身不好受。連忙遞上手帕，翠珊抹淚，我溫言勸慰。翠珊抹了淚，嗚咽地說「湯美！你現在就到樓下等我，快！」我如奉綸音，一個箭步奔離舞廳，坐電梯到樓下去。五分鐘後，翠珊挽着手袋從電梯裏匆匆衝出來，一手拉住我，亡命朝金巴利道的南面奔去。

不到三分鐘，我們已坐落在「東寶」咖啡館裏。燈光淡淡，音樂幽幽，翠珊如訴如泣道出了傷心事。自小沒爸爸，媽媽是河內道一家酒吧的吧女，跟水兵鬼混，生下了翠珊。翠珊的媽媽嗜賭好毒，翠珊不到十六歲已給送進舞廳。翠珊孝順，逆來順受，每月把伴舞所得，供奉媽媽生活所需。翠珊貌美如花，海東逐夫，王孫公子，富商巨賈，纏繞不休。翠珊媽媽眼睛開花，喜在心中。本一直相安無事，可近月有一大客看中翠珊，要買初夜。那大客年逾花甲、相貌甚寢，翠珊媽媽卻為那五萬元酬金迷失掉本性，死命逼翠珊就範。翠珊嚎啕大哭，所有顧客都轉頭望過來，眼看一個慘綠少年跟一位如花少女同坐一處，少女又是梨花帶雨，哭個不休，大抵都在想：「死飛仔，又在騙女人了！」我由是大窘，恨不得找個地洞鑽進去，邊想勸翠珊不要哭，邊又不知如何溫言安撫，由是忙了手腳。

正當此時，咖啡室入口處，一陣風似的，衝進一個微胖的中年女人，直奔到我跟翠珊的枱前，一言不發，撩起手，刷刷兩個耳光。登時，兩個紅印清晰地印在翠珊嫩臉上。女人一手拉住翠珊的秀髮，開口罵：「死妹丁！你找死！居然學人瘟仔？快走！」翠珊一邊哭一邊嚷「媽咪！我不走！我不回去！」面前這個惡狠狠的女人，正是翠珊的母親。翠珊的母親扯着翠珊的頭髮，硬要拖她走。

翠珊死命拉着枱角，兩人拉扯，成了拉鋸戰。我實在看不過眼，勸說「這位太太，有事慢慢說，好嗎？」一番好意，換來一頓臭罵，什麼粗話都罵出來，連我十八代的祖宗也給那胖女人沾辱了。我不禁大怒，回說「太太！如果你再這樣，我報警了！」惡女人一聽，更兇，瞪着豬眼，戟指大罵「死仔！老娘出來闖時，你還在穿開襠褲！離我女兒遠一點，不然有你好看！」翠珊止了哭，伸手在我背後輕輕推，低聲說「你先走！別理我！」可我怎能走呢！我不能坐視不理呀！於是勸說「翠珊！你要堅強呀！不要再愚孝！」

此言甫出，惡女人更火，掄起拳頭，朝我胸口摑了過來。猝不及防，「蓬蓬」，連吃兩記狼牙拳，隱隱作痛。一擊得手，哪肯罷休，順手拿起枱上咖啡壺，朝我頭上砸過來。「美絲！住手！」情危勢急，救星來矣！男人嗓音從橫刺裏響起來，跟住一隻蒲扇巨手，握住翠珊母親手腕，硬生生的把那咖啡壺奪了下來。那人正是「仙樂斯」大班何鵬。何鵬對住我叫：「湯美！快走！」我在萬分不願的情況底下離開了「東寶」咖啡館，這也是我最後一趟見到翠珊！後來聽何鵬說翠珊真的以五萬塊把初夜賣給那個男人，男人很愛她，將她蓄收為妾，還生了孩子。生活安定。翠珊，翠珊！你可真的幸福了？

一段孽緣

香檳瀉酒，地滑凝脂，恒舞甜歌，繁燈照屐，男女蹁躚，暢步無阻。伊人御紫紗裳，長裙曳地，與男交臂起舞，一曲畢，燈自亮，掌聲起，舞者正是黃霑、林燕妮，時維八十年代，二人熱戀痴纏，哄動全城。前些日子，黃霑方還在查家大宅起誓愛的宣言——「黃湛森此生非林燕妮不娶。」盈盈佳人，嬌頰生暈，如中魔咒，深信不疑。日本作家川上宗薰説：「女人最怕男人追纏，時日一久，芳心暗動，終將成愛情俘虜。」黃霑、林燕妮組「黃與林」廣告公司，由初時職員不過十人，擴展至百餘名，一年營業額高至一億港元，「人頭馬一開，好事自然來。」情事亦接踵而至。男女朝夕相對，豈會無情？黃霑婚姻起暗湧。

初識黃霑之名，緣自麗的映聲，彼主持「青年聯誼會」，西裝頭、黑框眼鏡，溫文爾雅，言語乾淨，了無半句俚語，典型知識份子，因留印象。無綫開台後，黃霑加盟，旋即與劉家傑、何守信鼎足而立為金牌司儀，幽默生鬼，取悅觀眾無數。男人成名，煩惱自多，一是工作忙，無暇顧及家庭；次則多異性眷愛，任憑閣下是柳下惠再世，亦難抵誘惑。玉環來，擋之；西施至，拒之；飛燕近，推之。可再來一個傾國傾城的貂蟬，難保不成裙下臣。黃霑本非柳下惠，況乎林姑娘亦不遜玉環、西施、飛燕、貂蟬，活脫脫是大美人！此情難御，烈火乾柴，熊熊燃燒。這段情，林燕妮一度成為眾矢之的，女人視伊為狐狸精，破壞人家大好家庭。華娃二姊夏丹尤為痛心：「好好的一個家就教那個女人拆了！」彷彿一切過錯都在林姑娘身上。

男女愛得火，也就滅得快。黃、林之戀，宛如「黃與林」慘淡落幕收場，曲終人散，徒留燕妮倩影獨憔悴。二姊曾跟我提過華娃、林燕妮、黃霑這一段三角畸戀，一句話觸動我心處——「前世註定啊！只是害苦了華娃，至今大門不邁半步，家庭聚會也不來！」世道乖誕，情事曝光，無人同情林姑娘、反而不少黃霑朋友現身護航開脱。倪匡，濁中清流——「男人可以有一百個女人，老婆只能要一個，我不贊成離婚。」黃霑愛得暈頭轉向，怎會聽！林姑娘零九年曾上「光明頂」，跟陶傑、鮑偉聰談男女關係，傾慕於男人的浪漫，説：每天説一句「我愛你」、「出門來一個goodbye kiss」，足夠女人心搖魄落。豈料這正是壞男人勾女人的法道，你上癮，他到手，女人就不值錢。因而女人無論婚前婚後，都要保持一些兒的壞，方能攫住男人的心，一瀉無餘，墳墓自掘。常言道：男人不壞女人不愛，於女人亦然，一個板板六十四的女人，誰要？林姑娘未成愛情俘虜前，亮麗可人，廁身群男，揮灑自如，一旦黏上霑哥哥，方寸大亂，居然要討名份，這就徹徹底底嚇壞了黃霑，遂為逃情，移情別戀，男女事，實難分對錯。

七五年編《小屋集》，初識林燕妮，外貌溫柔，內心堅毅，頗有男孩子氣。崇尚李小龍那樣的英雄人物，喜看《三國演義》

和《水滸傳》。這樣的一個女人，安會喜歡上黃霑？直教人摸不着頭腦。霑哥確有才，卻無男人氣呀！足見緣定前生，半點不由人。黃、林分手，眾人多詈林燕妮。過了一段時日，林姑娘忍不住氣，撰文打破沉默，述說因由，教我看到黃霑的另一面：橫蠻無理、小氣偏頗。有人說林姑娘興許由愛生恨，蓄意污衊，那是太不了解林姑娘，我相信她。今朝燕妮抱恨去矣，華娃情傷未癒，花心男害苦痴情女。不多說了，只欲寄數語林姑娘：塵世夢，天堂萬不可續，不然又來一場噩夢！

三、人生冷暖

吃一杯咖啡

上海人管喝咖啡叫「吃咖啡」，養成此習始於七十年代留學東京，晨起上學，到車站附近喫茶店進早餐，早上有優惠，咖啡一杯，奉送多士和焓蛋乙枚，二百円即可充飢，留學生活苦，貪便宜，每早往光顧，日久跟咖啡結下不解緣。起初喝普通咖啡，已覺甘味，某日，女侍過來攀談，告我咖啡種類多，以「藍山」最佳，不過價罕，千円一小杯，足抵三四杯普通咖啡，慾念頓消，窮人還是腳踏實地好。台灣同學林原，腰纏千貫，有任俠氣，一夕邀我往下北澤名店嚐「藍山」，味雖香美甘，我不喜，俗子而已，仍覺慣吃咖啡香，林原苦笑。其實我喝咖啡很笨，添糖加奶，原味盡褫，而我甘之如飴。咖啡專門家山田，授心得云：「咖啡宜淨飲，奶、糖不宜。」我如言一口灌進，苦不堪言。山田笑說：「你們中國人有句老話叫諫果回甘，咖啡也一樣。」千磨萬擊還堅勁，任爾東西南北風，我行我素。咖啡以外，我尤重店內情調、氛圍，這一點日本可拿九十分，小店精緻，大舖優雅，初寫黃庭，恰到好處。女侍招呼周到，客主歡愉，樂而忘返。專門店供應咖啡品種達十數種：巴西、阿根廷、委內瑞拉、巴拉圭……女侍鶯聲嚦嚦，呵氣如蘭，一一介紹，承教與否，悉聽尊便。喝咖啡，不在其味而在於周遭環境、心態，此即形而上和形而下的契合，缺一不可，曾光顧淺草名店，店內能劇音樂盪漾，江戶味濃，一杯在手，如見尾形光琳，此情難再；某趟，往詣信濃町，則見漫山楓葉紅似火，密如林，朦朧中，咖啡、楓葉合為一體，皆屬我物。

香港咖啡館為我所喜者，僅二店而已：一是舊日松坂屋地庫的「光琳閣」，二是百德新街的「馬天奴」，一東一西，特色各具。「光琳閣」白天賣咖啡，晚上易身日式小酒吧，有風塵味濃的媽媽生、艷而媚的女侍。我白天吃咖啡，聽青江三奈演歌；晚上喝清酒，跟媽媽桑、侍調笑，樂不可支。曾有一篇記載「光琳閣」的文字，這樣寫：「青江三奈樣子並不漂亮，卻極有型格。那時候她已把頭髮染熠，且在櫻唇搽上紫紅唇膏，這樣她唱起歌來更添一抹神秘色彩。我喜歡聽她的『東京勃羅斯』悒鬱低徊，珠走玉瀉，人間絕唱。經濟蕭條，日人撤資，『光琳閣』逃不過關門厄運。」又記其事云：「關門前一天，媽媽桑召集了所有熟客，召開最後派對，芸芸客人中，只有我一個是香港人。店裏流淌着青江三奈的歌聲，客人們都拿着高腳酒杯，相互對望，把黃澄澄的酒液全灌進肚子裏。酒精升騰，離愁更濃。我們手拖手共唱劉雪庵的『何日君再來』、黎錦光的『夜來香』，服部良一的『蘇州夜曲』，望能有再會的一日。30多年一晃而過，我們沒有再見面！當日相聚的日本朋友，生存的有幾人？媽媽桑在否？伴酒的娘兒們在否？憶如唱得好，良夜不能留！」

我心花，東西兼愛，也愛去不遠處的「馬天奴」，門簷掛了個大銅水壺，人們走過，目為之奪，魂為之勾，焉能不排闥而入？柚木枱、紅沙發，滿眼英倫氣息，我最喜二級木梯上的台階，沙發軟綿綿，坐來舒適寫意，倪匡推薦我喝酒精咖啡，小杯取價罕，一口呷光，倪匡罵我牛嚼牡丹，暴殄天物。彼示範，舉杯啜小口，閉上眼，舌舐啡液，緩緩嚥下，然後吁一口氣，齒頰留香，得享真髓。香港可供消遣的咖啡館不多，大酒店豪華有餘，優雅不足，煩囂嘈雜，擾人清思。鬧市挑靜，下亞厘畢道上的外國記者俱樂部，尚可，十九世紀風情，咖啡熱氛烟熅，聊可懷舊。近日心繫台北咖啡館，可想到來回機票、酒店住宿，天價咖啡，去意又止。

英皇道上風光好

四月訪台，在西門町明星餐廳嚐了羅宋湯和沙律，前者香濃，後者鮮味，在香港，不易得食。因憶五、六十年代英皇道上的皇后飯店，羅宋湯是一絕，每跟母親往光顧，連進兩碟而色不變，母親罵我餓鬼小赤佬。對呀！我嘴饞，行不？跟羅宋湯我有着濃濃不可分割的情緣，呱呱墜地不久，母親謀稻粱，闖香江，將我扔給外婆撫養。外婆是文盲，每天只做清水麵條我吃。多吃生厭，鄰居龔家伯伯寵我，帶我去遊大世界，看《孫悟空大鬧天宮》，《三打白骨精》。散場後，總會在附近一家白俄人開的小餐館吃東西，點的便是羅宋湯，原出自俄羅斯，到了上海，換了花樣，濃油烹煮，色香味全，一嚐鍾情。吃羅宋湯，麵包也得講究，羅宋麵包實骨挺硬，老人不宜，小孩鍾意，咬起來「霎霎」響，咬勁好，包配湯，天下美味。一大便貪心，要求多來客沙律，這種沙律香港不多見，淡黃賣相，跟香港的素白，大異其趣，吃來，微鹹帶鮮，最合上海人胃口（註：及長，方知此為上海式沙律，色黃，蓋伴以蛋黃也）。此兩菜式，獨香港皇后飯店得以承繼，乃為我難忘的愛慕對象，猶段譽之於王語嫣，楊過之於小龍女，情深似海。

英皇道上食肆多，上海菜館四五六是名店，牌頭響，顧客盈門。父親跟老闆王國樑是老朋友，三日兩頭光顧。四五六以獅子頭和清炒蝦仁最地道，獅子頭鬆軟香濃，入口即化，啖之，如聞弦曲，迴腸千轉，齒頰留香；清炒蝦仁更是一絕，採上海河蝦，半截尾指大小，晶瑩剔透，賣相可喜，以青豆炒之，綠白相間，晶瑩生輝，涎流唇角。英皇道往西行，皇都戲院對面是雲華酒店，地舖那家燕雲樓主售北方菜，烤鴨不遜北京全聚德，皮脆肉豐，肥而不膩，小孩的我可進五，六片，若非母親喝止，十片少不了。燕雲樓還有個糖醋里脊的好菜，骨喇鬆脆，酸甜恰好，別的店家做不來。燕雲樓歇業，香港魯菜繼承難有人。入夜，紅燈綠酒，琴聲悠悠，歌星獻藝，顧曲周郎蜂擁而至。有一天下午放學，路過燕雲樓，無意中為櫥窗一幀照片所吸引，照中人崔萍，櫻唇微翕，桃腮泛紅，眉目含情。朝前看，寫有「金魚美人獻歌」六個漢字，驚醒夢中人，對呀！崔萍眼睛靈巧如水中金魚，毋負金魚美人雅譽。一回跟母親去燕雲樓，崔萍上台獻唱《今宵多珍重》，王福齡曲，司徒明詞。司徒明便是海派作家馮鳳三，人稱三哥，大塊頭，直爽豪邁。及識，見面必勾肩搭膊，齊哼：「南風吻臉輕輕，飄過來花香濃……」花正香濃，飄越十里，三哥！你可嗅到？

幾乎忘了電車總站斜對面的都城酒樓夜總會，父親舊同事王瑞麟主政，他有一個好搭檔，便是日後名動濠江的謝肇鴻。他是真正的賭王，大小、番攤、牌九、廿一點、百家樂，無一不精，尤擅麻將。母親是高手也不敢與之對搓。Why？母親道原委：「你那個謝伯伯腦筋好，會記牌。隻隻牌都記牢，數巡過後，就能算出三家的牌，自己要做什麼牌。」佔盡先機，哪能不贏？葉漢既膺「鬼王」，謝肇鴻可稱「牌精」。都城夜總會女歌星多如繁星，最吸引客人的是駐場歌后方靜音，莊妍靜雅，風度超群。「Day O，Day O，划呀搖一路順風歸途，Day O，Day O，划呀搖今年收穫豐富……」，一首《香蕉船》唱遍港九，東南亞，英年遇車禍，玉殞香消。我獨喜丹琪姨，蘇州人，生於上海，雪膚花貌，素肌纖趾，珉乎如瑩，度曲輕唱，撩人心扉。天辱紅顏，命運播弄，唱極不紅。可在小弟心中，至今仍是至高無上的女神，忘也忘不了。啊！原來我早已是段譽。

粵語粵語，我愛你！

滿大街都在議論粵語，我這個滬人，也來湊湊興。既是滬人，母語自然是上海話，可南來六十餘年，每天講粵語，早視粵語為母語，人有兩條心並不為過。七十年來，我粵語、滬語夾雜用，只是上海朋友移民的移民了，往生的往生了，用滬語的日子越來越少，呀呀！時日一久，粵語反客為主，上海仔變成廣東佬矣。五二年來香港不到一個星期，母親以我頑皮難教，「關關格小赤佬」，急急送我進北角道的「端正」唸幼稚園。我兩個姊姊都在毗連英皇道上的清華學校唸書，為啥不送我去哪裏？母親要我獨立，別依賴。入校的第一天，外婆陪着，滿眼不相識的小朋友，入耳的又是搞七廿三完全聽不懂的話，老師講什麼？阿啦勿懂，要死快哉！急得哭了。小息時，有個身高跟我相仿的同學好心說要教我粵語，他能講一點國語，遂成我師。我問「早安」怎樣說？他用粵語回答「你阿媽」，記在心裏。翌日，一見老師，很有禮貌地說：「老師！你阿媽！」老師一聽，柳眉倒豎，杏眼圓睜：「葉關琦，你說什麼？再亂說，打手板！」我一愣，暗忖：我向你請安呀，幹嘛那麼兇？後來方知「你阿媽」乃廣東粗話，如同上海話的「觸伊娘」，知道受騙。心有不忿，小息時向那個同學責問，非但不覺羞愧，反而咧嘴笑哈哈。光火！（觸啦娘）掄起小拳頭朝他胸脯摑過去，廣東小子不堪擊，栽倒地上雙腳伸，嗚嗚哭將起來。一拳換來老師罵，罰立壁角於課室門外。外婆看到，心酸眼淚流。自此發奮學粵語，小孩學話快，不到三個月，已能應付裕如，言語無隔閡，對頭人成好伴兒。

廣東話有不少粗言穢語，既名粗言，盡是罵人，卻未必全然是那回事。原來只要聲調高低互異，粗言即有不同表示。就以同學作弄我的那句話「你阿媽」為例，你瞪眼狠狠說，那是罵人；若然你輕聲細語，那就有不同的意味。啥意思？「你——阿媽呀！」

這樣說，是老朋友，和善。聽的人不憤怒反喜。真奇怪呀！阿媽被罵了，還開心？啥門子的事兒？我是弄不明白，時日長，悟道，見到好同學、好朋友，第一句便是「你阿媽」講得越多，友誼更添。唉！咱們的上海話就沒那麼有趣兒。一句「觸伊娘」不會因聲調高低，有相異意思。人家聽了，客氣點兒的，拉長臉，撇着嘴，覺得你沒教養；脾氣壞的也會回敬一句「觸啦娘個B」，加過「B」，以示他的粗言比你更精更妙，妙到毫巔。

以粗言論，廣東人認了第二，天下無人敢認第一。上海人的粗言說來說去，不外那幾句，上面所舉已是很下流粗鄙的話了。山東大漢粗獷率直，流行的不過是「他媽的」、「幹你娘」，少有其他。我的四川、貴州朋友粗話也不如粵人多，常掛在口邊的是「你媽賣麻皮」「槌子」，罵得不太狠，也不算利索，換言之，不過癮。可廣東人，尤其是香港人，粗言之精，講得之多，大甲天下。每天在馬路上、地鐵車廂裏、酒樓內，聽到的不缺粗言。大多數人在交談中，不自覺地加上一兩句作助語詞，以前男人講，現在女人不遑多讓也講，講得逸興遄飛，唾沫星子滿地。奇怪的是身邊的人都不以為忤，連孩子也習以為常，彷彿說粗話是理所當然的事。余友陸君，有「粗口天王」之稱，字字有粗言，句句有穢語，曾發明十八字粗口真言，媲美黃霑。陸君好謔，曾易《滄海一聲笑》歌詞，滿紙污語，卻是押韻清暢，誦之有味。陸君嘗親自演繹，眾人捧腹狂笑，謔之至也。有人賞其奇才，擬頒「粗口大賞」，陸君當之無愧。說了那麼多，也許你們會問：沈大哥！你講粗口嗎？呀呀！這不好夫子自道，還是你們說吧！

香港之子鍾士元

六七年香江烽煙四起，遍地炸彈，人心惶恐，不能終日。香港業界，日夕憂慮，工業總會開會商討對策，二十出頭的山東漢子李鵬飛亦得列席。身為美資電子公司部門經理的李鵬飛本不夠格出席，可公司美籍要員，膽怯怕死，聽到炸彈聲，靈魂飛上天，立馬奔美國，只好越俎代庖。會議主席正是逝世不久的鍾士元，賢奸之辨，至嚴且正，力主支持港英政府出動防暴隊或軍隊鎮壓，朗聲說：「再這樣下去，香港的經濟會垮掉，人民生活會非常艱苦。」念港、愛港正是鍾士元一貫宿願。他要求列席者投票，聞者低首無言，暗暗思量：是支持？還是否決？年少氣盛，無憂無懼的李鵬飛首先舉手表態：「我支持主席，香港不能再亂下去。」鍾士元偷眼打量，見彼豐頤氣清，容儀俊偉，不禁留意起來，（香港需要這樣的青年，敢作敢為。）生了栽培之心。未幾，李鵬飛轉職全港最大的安培泛達，為業界想方設法，電子業逐漸興盛。李鵬飛追憶往事，神色自若：「香港工業一向倚靠製衣和塑膠，美國配額一有限制，就衰頹下去。」果如其言，電子業遂取而代之，一枝獨秀。李鵬飛身為安培泛達要員，位高權重，在業界有了一定的影響力。時任港督麥理浩，謹嚴通脱，繩趨尺步，由眾人媽打李麗娟（綽號為飛哥所起）陪伴，駕臨泛達參觀，李鵬飛親自迎迓。本來一小時的巡訪，結果足足巡了三小時，兩人並在辦公室裏私語有頃。

自此李鵬飛視鍾士元為師傅，時相拜訪，聆聽教益。李鵬飛知英國人深，喟然道：「英國人做事有他自己的一套，相中一個人，會花上一段時間暗中觀察。」李鵬飛的實幹，誠信，全看在麥理浩眼裏，有一次，他說：「密斯特李，我想請你加入立法局，你願意嗎？」李鵬飛一聽，驚喜交集，天哪！他連立法局在哪裏，也不知道。議員要做什麼？更是摸不着頭腦。港督開了口，哪好推搪，請教師傅，一句話：「好好做，年輕人不要放棄機會。」七八年，三十八歲的李鵬飛進入立法局，當上非官守議員。八五年，更上一層樓，進行政局，成雙料議員。

七十年代末，中英談判開展，中英雙方暗自角力。鍾士元權高位重，被推為香港代表，周旋於中英之間，首先率隊前往倫敦拜會外相賀維。賀維擺官威，譏彼等不能代表香港民意。鍾士元不服，透過TVB動員業界力量，不旋踵，支持政府的telex，雪花般地滾過來，轉眼即逾二千張。賀維不得不放下身段，聆聽議員們的意見。這一仗打得漂亮，鍾士元躊躇滿志，興奮莫名。意想不到在北京卻碰了一鼻子灰。鍾士元、利國偉，鄧蓮如自倫敦後轉飛北京，中方由鄧小平親自接待。鄧小平一見鍾士元等人，第一句話便是「歡迎香港知名人士到北京來。」鍾士元一聽，不對頭啊！立刻更正：「鄧主任！我們是以香港行政，立法局議員名義來北京的。」鄧小平色變，老不高興，無心再談，僅交代了一句「有事找紫陽」終止會談，嗣後更罵鍾士元是「孤臣孽子」。李鵬飛嘆氣道：「大Sir可憐，夾在中、英之間，英國人罵他走狗，中方說他是孤臣孽子，豬八戒照鏡，兩面不討好。換了別的人，一定扛不住，但大Sir還是頂下來。為什麼？因為他是生於斯長於斯的香港之子，一切以香港人利益為依歸。」八八年，李鵬飛仕途更上層樓，衛奕信委任他為立法局首席議員。鍾士元偷偷拉他一邊，輕輕說：「Allen！以後你每星期都要見港督一次，千萬別得意忘形，要記住謙虛。如果你囂張，下了台，沒有人會理睬你！」李鵬飛輕撫胸膛，此話心中記。鍾士元以一百零一歲高齡去世，彌留時，兒女隨侍在側，含笑西歸。可我仍有點忐忑，大Sir！你生榮死哀，可真的是無牽無掛，放下心了嗎？香港今日如此，豈其始料所及！

這隻狗真太惡

我見過高錕教授一面，遠距離接觸，優雅的風度，溫婉的言辭，打動我心，難忘又不想忘。很想仿效，學他的氣度、厚道、吐屬，惜今未得。二零零九年高錕獲頒諾貝爾物理學獎，學界中人雀躍，這是香港人的榮耀、驕傲，可我仍有一絲遺憾，若然香港作家也能取得諾貝爾獎文學獎，那就更美，錦上添花不一定是阿諛啊！我曾將希望投寄在金庸身上，英譯不濟，只能望門興嘆。高錕零四年初，患上阿茲海默症，啥毛病？說穿，就是失智症。這病初起時，患者的記憶力逐漸衰退，日久，病情加速，至最嚴重時，物事渾忘，妻子、兒女、朋友……皆拋諸腦後。看過一部日本電視劇《記憶》，一名大律師患上阿茲海默症，記憶開始消失，大律師隱瞞病情，試圖挽回記憶不果。最後，因禍得福，前、後兩妻冰釋前嫌，合力照顧，勇敢面對，感人肺腑。高錕有太太悉心照顧，多活十四年，終不敵肺炎離世，人多惋惜，我以彼最終能得釋脱而欣慰，病疾難治，存活究有何用？一代學者去矣，遺下慈善基金，造福阿茲海默症病人，這是高教授畢生最大的成就，比諸諾貝爾獎尤重。

舒非近日有段文字記述某年三聯書店出版高錕自傳，舉辦講座，適值台灣龍應台女士乘書展之便蒞港，名氣大、口才好、書迷多，舒非怕兩起論壇相碰，高錕會吃虧，擔心不已。好個高教授，不慌不忙，神態自若，不管台下觀眾有多少，照講如儀。龍講文學創作，高說學術人生，平淡真摯，深入淺出，跟龍女士秋色平分。九月下旬，噩耗頻傳，先是高錕走了，「玉喉旦后」吳君麗以肺癌相隨。若二人泉下相逢，靈巧解人的麗姐興許會唱一曲《百花亭贈劍》與高教授聆聽吧？寶劍贈名士，自古皆然。有說吳君麗是上海人，謬矣，她是廣東中山小欖人，幼寄居上海，能講上海話。少女時代，隨母來港，投樂師尹自重門下學藝，後隨花旦王陳非儂

（註：著名花旦，擅演《花木蘭》一劇。晚年著書《粵劇六十年》，七九年刊登於沈葦窗主編的《大成》雜誌，陳非儂口述、余慕雲筆錄，我是忠實讀者。）跟陳寶珠忝屬同門。吳君麗弓彎纖小，腰肢輕亞，嗓腔柔嫩，深得戲迷心，余家外婆尤喜之，常帶我去看吳君娜（寧波老太太粵語勿靈光，「麗」字說成「娜」）習非成是，我投外婆所喜（會有五香豆、牛肉乾回饋，小孩嘴饞唄！），「吳君娜，吳君娜」叫個不停。於是，一老一少跑到灣仔國民戲院看吳君麗的大鑼大鼓電影。外婆最喜《金殿審人頭》，說是可和京劇《烏盆記》相比。唷！老外婆想起包龍圖來了！馮京作馬涼，粵劇當京劇。家中順德女傭卿姐是粵劇迷，最迷《白兔會》與《百花亭贈劍》，初一十五拖我去看大戲，天啊！不到半途，三官（我的暱稱）呼呼睡着了，於戲劇，毫不諱言，我欠缺細胞（謙虛老實吧）。吳君麗偶也拍時裝電影，看過她的《看牛仔出城》，夥拍兩傻新馬仔，鄧寄塵，印象深，非是戲好，而係為片首六十年

代外景所吸引。沙田火車站、尖沙咀鐘樓、啟德遊樂場、大坑、香港仔……襯托着自《我有一段情》改編過來，吳君麗主唱的小調，情懷別具；對比面目全非的今日，寧無滄海桑田之嘆耶？吳君麗肌理玉雪，嬌嗲絕倫。外婆喜其「嬌」，我則愛其「嗲」，噫！世上男人焉有不喜女人「嗲」者？戊戌惡犬當道年，前有戊戌政變失敗，今有名人陸續辭世。九個月內，先後有饒宗頤、李菁、盧凱彤、周亦卿、高錕、吳君麗相偕逝去，不由想起愛妻燕燕亦卒於戊戌年。自伊逝後，所天遽喪，悽愴自居不免。妻喪百日中，哀傷逾恆，數十年患難夫妻，念至傷心處，熱淚盈眶不已。

六百格力狗何處去？

年代久遠的某個早上，七時三十分，一下巴士，飛奔過馬路，四面一瞧無熟人，心寬，即閃身入筲箕灣「三益」紙紮鋪，無視店堂夥計，直進後天井。天井中央置木枱，放拍紙簿一本、原子筆三管。拿起筆，揭開簿，在兩頁白紙中塞一張藍靛紙。「颼颼颼」，運筆如飛，寫上場次、號碼，注額，撕下正頁，納入袋中，扔下銅幣一元正，大功告成，欣然上學堂。我在幹啥？嘿！告訴你，我買外圍狗（不良少年是也），六七十年代中期香港最流行的賭博，瘋狂程度不下於賽馬。跑馬一注最少五元（外圍九折四元五角），跑狗則只需一元，我輩學生零用有限，划得來。狗不同馬，無人駕馭，最重實力，一場僅六隻，較易中彩，賭徒捨難取易嘛！對不？曾買過三串一獨贏，二元一注，贏得好幾百，自此入迷。賭博這玩意，彩池一大，便有歹人摻和，不久發生數起毒狗案，狗兒拉屎，身虛無力，跑不出水準，幕後得其所哉。可人性好賭，毒狗又如何？照賭如儀可也！香港跑馬、澳門跑狗，乃為大眾日常消遣。我這個中學生，平居則窮治賽狗，好事鑽研，駸駸然成了大家，什麼狗跑什麼路程？那個狗房實力雄厚？皆瞭如指掌，自忖水準不遜「綠邨」狗評家哩！葡國友人比度賭狗心得妙，專買1、3、6號狗，理由是一號貼欄，省腳力；三號中檔不易受擠；六檔利追。2、4、5則是死檔不宜下注，可萬一跑出，派彩乖乖不得了！我好冷，中過一條2、5連贏，二元派彩二百多，足夠樽前喝酒、擁美跳舞矣！

澳門「逸園」沿襲昔日上海，上海有三大狗場：「明園」、「申園」和「逸園」，以法國人主政的「逸園」規模最盛，壽命最長（營業至太平洋戰爭爆發止）。狗場以外，復有舞廳、酒吧、餐廳、酒店、拳擊場之設，與巴黎冶遊所相比亦無遜一籌。世伯謝肇鴻曾在上海「逸園」做事，熟諳賽狗運作，澳門狗場啟業伊始，謝世伯獻謀算策，業務蒸蒸日上。聽説狗場用名「逸園」也是出自謝世伯的主意。上海跑狗，博彩形式分四類：獨贏、位置、連贏、雙獨贏，前二者一元一注，後二者二元一注，老少咸宜，生意大旺。至於賽狗方面，初時從外國進口，海關禁賽狗進門以為可戢止賭風，你有張良計我有過牆梯，一於偷運，豈料過牆梯不敵張良計，海關重罰，此路不通。有人想出自我繁殖，缺經驗、技術差，整體質素欠佳，速度不高，成效不大。

澳門「逸園」開業以來，一直採用格力狗，貪其速高。不説不知，澳洲格力狗在世界十大速度最高狗隻龍虎榜上，名列榜首，時速為一小時七十二公里，足足比第二名薩路基快八公里，彌足驚人。彩池方面有獨贏、位置、連贏、位置連贏、三重彩……有段時期的確掀起高潮，六七十年代是高峰期，如今澳門賽狗早已日薄崦嵫，走向衰落之阪！七月二十一日澳門賽狗將畫上句號，看它興盛，看它衰落，我為感情動物，難免有憾。惟汰弱留強，自然規律，人力不可抗，惱人心弦者卻是那六百多匹格力狗的命運，何去何從？目前似尚未定案，曾有名人，凌雲壯志，巾幗不讓鬚眉，揚言全盤收養，不道何故，後又改口，如此六百條生命危在旦夕耳。有人以格力狗速快難養，其實不然，相熟馴狗師云——「格力狗速度雖高，本性純良、服從，是人類最佳伴侶。」心動！我家小犬团团早不在身邊，馴獸師之言若可信，我真想領養一匹，取名「小团团」，伴我餘生，牠當主人，我為奴僕，又有何妨！

我在風中

「山竹」挾風雷之勢，侵噬香港，人人自危，生怕家園被毀，無糧可食，於是發揮香港傳統精神——「執輸行頭慘過敗家」，風前兩日，湧往超市搶購用水、食物。不一會，超市架上食品，悉數一空，即電召補貨，也滿足不了瘋狂搶購的「難民」，照樣搶個清光。天文台有前車之鑑，生怕背黑鑊，罕有地將「山竹」說得如何厲害，足可翻三江、動地搖。港人嚇破膽，食物，用水外，搶購貼窗膠紙。平日八元一卷的貨色，炒至八十大元。朋友告我在某些高密地區，更炒至百元，得利逾十倍，益了奸商。日本天災多，颱風、地震、海嘯，連綿不絕。人們習慣了，不緊張，默然相應，從不聽見雨傘、雨衣、食物、用水會抬價，善良的僱主更會降價協助有需要的同胞。超市外，人們排隊，秩序井然、哪有香港的聰明笨伯，颱風一來，並非添貨而係爭購。路過一家超市，看到你推我撞，咒罵頻仍，人們紅了眼，瘋了心，搶呀搶，一逕地搶，場面教我心寒。港人泯良知、只顧己的心態，豈有半點落後於內地人乎？颱風固然可怕，也不至於恐懼如斯。風來不外一整日，即使無糧可食，乏水舐口，也不至於餓壞，渴死，何必搶糧囤積？花多鈔票，死掉細胞，自尋煩惱，何苦來由？

香港乃福地，「山竹」雖厲害，敵不過有神佑的香港，到了大門口，歪一歪，不作正面侵，威力稍減。隔壁老婆婆頓足：「死囉！咁多嘢點食呀？」知錯了？不不！下趟來個「腐竹」，第一個跑到超市門口搶糧的，興許便是她。執輸行頭慘過敗家唄！六二年超強颱風「溫黛」襲港，某日，惡魔小姐玉駕臨港，天上一片黑，風吹雨打，路上行人影漸渺。那年我們住在麗池，家居單邊，正面向海，沒有球場，更無東區走廊，日夕親炙淺藍海水，好不逍遙。二姊興奮：「游水不用花錢去『金舫』，換上泳衣到樓下，就可游個痛快。」可愛的海，可戀的海！一遇「溫黛」肆虐，立即變臉，溫柔盡失，換來洶洶湧湧白頭浪，撞向堤岸，啪啪價響，樓上清晰可聞。室內一片昏暗，電燈亮起，母親準備電召樓下鄰居攻打四方城。就在這時候，順德女傭高喊起來：「先生先生！唔得了咯，冷氣機吹走咗，牆壁裂開咯！」父親趕忙趨前看，眉頭立皺。原本光滑的牆上爬着一條條長蛇裂紋，事態非小。父親還未回過神來，説時遲，那時快，牆壁啪一聲響，出現一道道更長更闊的裂紋。父親發揮職業本能：「關琦！快過來！」父親一面用雙手撐住牆壁，一面召援。我沒猶豫，伸出雙手緊緊地按着牆壁，父子同心，其利真可斷金？

密雲迷晚岫，暗霧鎖長空，時間一久，心乏神疲，雙手發抖。側臉看父親，額角淌滿汗，鼻息亦漸濃，父親見我偷瞧他，喝道：「撐着！」一絲怠懈，可肇巨災。又撐了一會兒，聽得父親叫：「行了！」方鬆手，整個人攤倒地上。家宅平安，多謝菩薩。自此父親患上「恐風症」，每有風暴，不論大小，定必徹夜不眠，捧着原子粒收音機，躺在客廳帆布床上，聆聽風訊，順手摘抄，紀錄風勢移動情況，預測風向轉變，準確程度尤勝天文台，變成不折不扣的「天文先生」。母親心痛他，怕他累，規勸他。父親不讓，緊張如故。母親氣不過，兩口子拌嘴。某次吵烈了，各不相讓，父親離家出走，要勞警察尋回。九三年「泰莎」訪港，八號風球高高掛，父親一早做好防風準備，安然度過。可「泰莎」狡猾，忽來個回頭風，把父親嚇壞了，心臟病發，在母親面前倒地不起。二十五年了，一遇到風，總想起父親，忘不了哪！

永別之夜，悼燕燕！——「悼妻三題」之一

二月十二日黃昏，臨出門時，我妻燕燕安詳地躺在床上，我告訴她十點左右便回來，阿翁（女友人）會上來看顧。垂着乏神的眸子，沙啞地回答：「知道，不用掛心——你……不要多喝。」我關上沒鎖的大門，趕到銅鑼灣吃飯，座上有李鵬飛、詹培忠、吳思遠、陶傑和林律師，都問起燕燕，我說吃了中藥有好轉。眾人釋懷，杯上杯落而忘憂，紅酒盡罄。陶傑駕車送我回家，在車上又問起病況，樂觀地回說：「那位中醫真不錯，咳停了，痰也止，舒暢得多。」近兩個月，燕燕痰塞，徹夜難眠，一猛咳，我得為她掃背，直到咳出痰來，一夜十來回，根本沒好睡。有時咳不出，燕燕冒汗，踩腳，「乞吐」，痰濺在紙巾上，一寸見方，黃而濃稠：「就是這討厭東西害苦我。」心戚戚，悻悻然，相視苦笑。一月中的周二凌晨，咳復又起，拍了五六分鐘猶不見效，燕燕教我躺下休

憩，自家苦拼，一口痰吐出，帶血絲，我躍下床，坐在床沿，一手把她摟緊，耳畔輕語：「大貓！（暱稱）別怕！大狗（妻回叫我「大狗」）在你身邊，你一定得挺着，不是說過要永遠在一起嗎？我們相依為命！」她半睜雙眼，點點頭，兩手緊箍着我的脖子。半晌，說：「把痰拍下來，好歹留個紀念。」嫣然一笑，嬌艷如昨，我們又勝了一仗。

十點三十分我回到家，忙進睡房看望，斜靠床背，神情委靡。阿翁說：「姊姊剛睡醒。」睡眼惺松不足怪，逐放下心。阿翁走後，燕燕說：「大狗，我累，再睡一回，你自己看劇吧！」我一笑：「睡吧！待你好了，我們去台灣吃蚵仔煎、日本看櫻花。」為她拉好被子。她嘴角生笑，閉上眼睛。回到廳裏，書看不進，只好看劇，熒幕上子彈橫飛，我心如亂麻，十分鐘後，躡步到房門邊一瞧，睡得正甜。枯守至子時又進房窺視，則已甦醒，惟精神甚是頹唐。我關切地問：「不舒服？」點了一下頭：「我⋯⋯我全⋯⋯身瘦……軟無力。」我不以為意：「你三個月光進流質，身子自虛，病好，吃龍蝦伊麵（妻最愛的食餚）！」莞爾一笑。正想回身走，她那瘦骨嶙峋的右手拉住我左手：「不要走開，陪——我！」我重復坐在床沿，望着她，她望着我，默然，空氣在凝固。不久閉上眼，我也酒氣上湧，爬上床歇，一歇到天明。

朦朧中，我醒過來，感覺燕燕不住地抖動，睜眼看，正在踢被子。天氣森冷，趕忙為她蓋上，卻又被踢開。我拉着被角子：「大貓！冷啊！」燕燕軟弱無力地搖搖頭，喉嚨艱辛地擠出一個字：「熱」。十五度氣溫，咋熱？一摸她的手，冷如寒冰，急急亮燈，浮現眼前的是失神、彷徨的臉容。我將她扶起，靠在枕背，才一鬆手，頭就往右邊斜欹過去。我高聲喊叫她：「大貓，大貓！你怎麼啦？」燕燕勉力撐開雙眼，瞧我看，很快又閉上。我心中一凜，輕力拍她臉龐：「大貓！千萬別睡呀！」一連叫了好幾聲，稍稍張眼。天啊！生死搏鬬又來矣！

我摟抱她，吻她，耳畔低吼：「燕燕！I love you forever！」唸聖母經、大悲咒：「喃嘸大悲觀世音菩薩，救救我的燕燕啊！」再唸心經：「觀自在菩薩，行深般若波羅蜜多時，照見五蘊皆空，度一切苦厄……揭諦，揭諦，波羅揭諦，波羅僧揭諦，菩提薩婆訶。」唐教主生前訓示：遇難唸心經，尤重經末謁語，反覆唸之，可解苦厄。屢試屢驗，今趟不靈，放下她，電「九九九」，時維十三日清晨五時三十五分，十分鐘後，救護員到，合二人之力，方能將燕燕病軀扶上輪椅抬下樓。園裏幽暗，松濤如吼，燕燕舁上十字車，躺在床上，救護員動用儀器搶救，我坐在一邊，看着她為生存掙扎。茫然的眼神，凹陷的臉頰，我心如蛇咬，不忍地閉上眼。

十分鐘後到東區醫院，立即推進急救室。五分鐘後，戴眼鏡的醫生走到我身邊，嚴肅地說：「她的情況不太樂觀。」說罷，轉身走了進去。我佇立門前，腦子一片空白：相依三十年，從此成陌路？不不不，我不要！十多分鐘後，醫生重現眼前，宣示死亡：

「心臟停頓，沒了呼吸。你進去看看她！」直挺挺地躺在病床，頭斜斜側向右，口微微張開，像平日熟睡的模樣，可就永遠醒不過來，我不能，也不願相信，雙腳猶如套了千斤墜，牢牢地釘在床前地上，我期盼着燕燕重新張眼，給我一個春風似的笑容，這是奢望，我知道：燕燕不會再回來！苦雨淒風，回家路上，我向天呢喃：燕燕，你走了，留下來的我還能走得遠嗎？

相思相望情無極

——「悼妻三題」之二

一六年十二月下旬某日，妻子匆匆自外歸，劈頭一句便是「我想養狗」。沒聽錯吧，愛潔成癖，狗來便髒，家居難休停。妻一本正經地道：「真的，我想收留牠！」問明原委，方知她七哥豢養的柴犬被遺棄了，如果沒人接養，便送漁農處，一個星期內沒收領人，狗會遭人道毀滅，妻生惻隱心，怕我反對，提議我去看看。也罷，看看無妨。到了岳母家，看到牠，一隻小柴犬，棕色，長嘴巴，瘦得皮包骨，明顯營養不良，我有點兒倒胃口。妻不滿地說：「這要怪七哥，給牠吃不飽，還將牠鎖在床上不讓落地。」七哥養狗有段時日了吧？狗兒不沾地，還能走動嗎？小狗看到我，汪汪幾聲叫，不住在客廳打圈、翻滾，看來腿還健。趨近去看，小狗立馬後退，蜷縮牆角，雙眼定定地朝我瞧，滿臉警戒。「牠呀，怕陌生哩！」妻從旁解釋，一招手，兩步併一步，撲進懷中。妻伸手摸摸牠的脖子，柔聲說：「乖乖，別怕，媽媽在呢！」咋搞的、去留還未定呀！已認作兒子了。小狗仍然朝我望。「叫爸爸！」妻子慫恿着。聽了滿身疙瘩，人怎的當了狗爸爸？還未回過神來，耳畔已聽得兩聲汪汪，妻興奮喊：「哈哈，他叫你了，叫你了！」躍下來，前足直伸，趴在地上，尾巴不住搖，向我伸出友誼之尾。事到如此，開弓已無回頭箭，兩口子抱着小狗回家去。

家添小成員，天氣冷，首要之事得為牠安個窩，妻把自己的舊棉衣撕開，挖出棉花鋪上膠墊，另添小被子一張；跟着起名字，以前養過一隻巴西龜，叫团团，年老去世，殯葬海邊，妻未忘情，小狗亦名团团；第三件是大事，添備狗糧。狗是東洋客，應吃日本貨，在專門店購買，價比超市貴，妻甘之如飴。初到貴境，团团有點兒不慣，尾巴垂，頭兒耷，巡遊客廳，東嗅西抓，嘴裏洩出嗚嗚哀鳴。俟中夜，昂首向天，對住窗，發出狼嗥，至為淒厲。妻急急把牠抱起，邊安撫，邊責罵：「团团不要叫，隔壁叔叔會趕你出去。」屋邨禁養狗，瞞得一時即一時，西洋鏡拆穿，立馬滾蛋。第二天早上，我如常在梳化上一坐，看電視新聞，噠的一聲，還未顧得看，囝囝已竄上來跟我並坐。我看着牠，牠看着我。「滾開！」我大聲咆哮，囝囝不動如山，我火了，用手去推。小傢伙一個栗縮，回身張口咬。唷唷！手背溢血，痛徹心脾。我青筋脹，氣罵：「快趕牠走，好狗不咬人。」妻打睡房中奔出來，一把抱起囝囝嚷：「囝囝別怕，爸爸脾氣壞！」天啊！老公被狗咬，老婆片言安慰全無，反倒維護起小狗來，我顏面何存？往後的日子，妻全力照顧囝囝，噓寒問暖，裁剪狗衣，雇馴狗師培訓……花費不少，怕我肉刺，盡傾私囊。囝囝感恩圖報，主僕分明。我在書房伏案，牠緊守門外，任憑如何招應，就是不理不睬，一步不進；到妻為我謄稿，眼烏子一霎，囝囝早已溜進書房，趴在妻的腳下，盡現溫柔。不甘心，「嗨——」地一聲長叫，要牠出來，不為所動，再呼，索性來個風車轉，以背向我，親疏有別唄！一年後，妻病重，再無餘力照料。除夕黃昏，北風號叫，囝囝被送走，死命地趴在地上不肯走動，頻頻回頭朝睡房看，不停哀鳴，彷彿想要妻再叫喚牠一聲，牠不知道深愛牠的媽媽已無言語能力。此刻，囝囝移居灣畔，妻長眠聖十字架墳場，兩地睽違，不能相見。中秋過後，薄霧花光，輕雲月色，相思相望情無極。於妻，於囝囝，我亦然。

悲喜聖誕

——「悼妻三題」之三

去年聖誕，淒慘，今年聖誕，孤寂，老翁獨釣寒江雪。一七年十二月，妻病入膏肓，諸學弟為她祝壽，席設家居附近酒家，旨在沖喜。妻臥床難走路，我拚力扶持，一步一步走到酒家。平日十分鐘的路程，足足走了半句鐘有餘。看她辛苦，我說：「燕！捱不住，回家吧！」妻用十分微弱的聲線回答：「難得學弟們一番心意，我不去，哪行？」她的意志一向堅強，五十過後，更是性烈。我謔笑她是慈禧太后，她也不惱。整晚都在歡樂中度過，可歡樂的背後摻和着淒涼和悒怨。大家都知道她很快就會離開我們，只是誰也不願說出來。妻勉力支撐，跟人碰杯，唇沾紅酒（那是她最喜愛的酒，一夜不可無此君），略呷一口，吞嚥困難，還是吞了下去。唱生日歌時，她緊握我的手，在顫，在抖。挨到切蛋糕許願，妻要我代勞。我合十默禱。不用說，你們都會知道我禱些什麼？禱告不管用，只過了兩個多月，妻還是走了。那夜發生一樁意外，學弟湯美在酒家的洗手間摔倒，頭破血流，急送醫院。妻很難過，我安慰她：或許湯美替你擋了一劫，事後方感悟到那是凶兆。

今年聖誕，當會冷冷清清、孤孤寂寂地過。冷清、孤寂也非不好，至少可清醒頭腦，閉門思一年之過，為來年行事作準備。當然不是每個聖誕都難過，也有歡樂一面。先說童年時代吧！一俟鹿車聲近，我們三姊弟就會日夕猜度聖誕老人今年會派我們什麼禮物？母親教我們平安夜臨睡時，在床頭掛一隻大紅襪子，這樣聖誕老人就會將禮物送至。果然其言，黎明起，襪子裏塞着禮物，有一年是口琴一管，我雀躍歡呼，音樂老師薛偉祥正要教我們吹口琴，有了蝴蝶牌，我就可以吹《虹彩妹妹》了；二姊是小說一本（她愛寫作）；大姐香水上一瓶（她喜打扮）。姐弟各得所需，歡度聖誕。後來西洋鏡給女傭卿姐拆穿了，禮物是半夜父親一一塞進去的。原來聖誕老人是爸爸！想不到平日嚴肅，不拘言笑的父親也有慈愛的一面。聖誕日，舅父會帶我去英皇道上的皇后飯店，不是吃大餐而是買朱古力酒瓶。朱古力給塑造成小酒瓶，裏面盛甜酒。吃時，把朱古力咬碎，甘香酒液汩汩流進喉嚨，味道獨特，難以描摹。不知怎的，飯店後來不售了，那些陳列在櫥窗裏，一排排長、短、方、圓不一的朱古力，雖然誘人，都不如朱古力酒瓶。上中學，捨禮物而慕少艾，我們改開派對。有同學住在跑馬地，家中闊落，父母開明，就選在那裏開。我們唸男校，沒女生，得四處找。庇理羅士、聖璐琦、玫瑰崗、格致的女生潮水般地湧來參與，男女各半，播起西洋音樂，阿哥哥、扭腰、牛仔舞、喳喳……跳個不停，快樂忘形。時至中夜，吃蛋糕、喝汽水，互道Merry Christmas。這都不重要，我們旨在跳舞結緣，相約翌日一起去看電影、喝咖啡，那非戀愛，而是puppy love，天真純潔。

及長，隨堂兄闖蕩歡場，表面上學壞了，其實是成長的第一步。聖誕節不參與派對，改去舞廳。平安夜，double pay，沒關係，反正有沈老闆罩着，不去杜老誌，移步灣仔白宮酒店樓上的長城，鬧熱囂攘，洋溢着江戶庶民風味，為我最喜。歌星輪番獻唱，有文妃者，豐腴圓潤，嗓子佳妙，午夜到，誦歌《午夜香吻》：「情人情人……我怎麼能夠忘記那……午夜醉人的歌聲；情人情人……我怎麼能夠忘記那……午夜醉人的香吻……」我真欲向文妃乞一吻。燈暗如星火，歌聲似夢囈，忽地霹靂啪嘞，此起彼落，乃是針刺氣球爆破的聲音。有些小姐膽小，堵着耳朵，撲進客人懷中，意外溫柔，固願長作舞場人。午夜過後，客人更多。堂兄頓足：「要死快哉，夾塌，還跳啥舞？走走走，吃老酒去！」舞池小，探戈、華爾滋難施展呀！白駒過隙，倏忽半世紀，五十個聖誕，哪能一一記心中！

公院歷險記

生命無take two，母親一次又一次堅強、勇敢地浮過了生命海。面對病魔，不懼不怯，拼力爭鬥，換來一場一場漂亮勝仗。打自七十五歲後，病漸來磨，看醫、吃藥、病除。八十後，記憶衰退，常跟我瞎掰，最逗趣的一趟，說媳婦擠兑她，不讓家來。我半信半疑，詰問妻，方知不是那回事。母親素性正直不阿，從不打誑，怎會冤枉媳婦？後來才弄清楚有了阿茲海默症。此病初起，只是記憶衰退，迨嚴重時，六親不認。八十五歲後，母親漸漸記不得人，問她「我是誰？」回說「好朋友」，鬨堂大笑，我心在泣。人的記性，沒了悲喜哀樂，一片空白，可謂至苦。舉一反三，我怕他日亦蹈此覆轍，誰教我是她唯一的兒子哩！一念及此，遂振筆記舊事，不憚雞零狗碎，只欲留一鱗半爪的紀念。

這十年，母親一直在跟病魔打交道，認知障礙症，病腿，坐輪椅。近年更有心律不正常，曾入院療養一段時日，病得控制。出院後，生活簡樸，早起，坐於特製椅上讀報（僅讀不記）、看電視。螢幕上在做什麼，胸中不甚了了，只會偶對卡通人物發出桀桀笑聲，看似獃，於我是一大欣慰，起碼對外來事物尚有些兒反應。去年狗年，妻去世後，我一直心怵不安，心憂兇狗會否噬及母親？僥倖平安度過，只是豬年甫過，母親頹倒，早上不發脾氣，靜如止水。頭欹身歪，不着一絲力。喚她，半睜眼，漫應半聲，重複閉眼，老僧入定。拍她、推她，不應。我有點兒怕，伸手捂鼻孔，尚存一絲熱氣，心稍定。只是精神日漸萎靡，心跳加速。某日跳至一百七十、急召救護車送東區醫院，豈料一子錯，滿盤皆落索。

到了醫院，循例檢查後，要留醫。我一聽，慌了手腳，去年妻進東區，有進無出，今母親又臨斯院，我很有點忐忑。年青護士告我老太太心律不正常，要待觀察，隨即裝上儀器，灌藥液降心速。心跳的確異常，標板上，一會是140，一會是145，150，跟住又回落至130；醫生説正常是在100以下，以60、70最好。換言之，母親心跳快了一倍，處於危險邊緣。每天往探病，母親臥躺在床上，雙眼直勾勾不知在看什麼。餵食不沾唇，僅嘴皮嗡動，咿咿唔唔不知道説什麼。過了兩天，醫生説肺部花了，應該是肺積水，不能出院，再問懶得應。醫生每天巡房時，我們都不在場，無法溝通。央護士代勞傳言問症，回覆：「尚待觀察。」即病情不明。我素性隨和也不多問，一切緣乎天意，耶穌打救。某夜醫院打電話來，午夜響鈴非好事！原來母親雙手亂動，護士誤以為侵襲，垂詢可否捆綁雙手以策安全？當不反對。翌日發現左小腿種了一個針疸，方便注射，遂不以為然。豈料正是這個針疸，幾乎廢了母親半條腿。才過幾天，無意中看到左腿那裏紅腫一片，慌告護士，稍一看，冷然説：「待會處理！」轉身即離。以為是小事，不放心裏。出院後，揭開紗布，檢視傷口，情況糟透，長期敷蓋，左腿紅腫非但未消，而且越發腫脹，趨近看，大半截小腿斑駁一片，中央發黑部分寬若一厘米半，冒着膿頭。伸手稍觸，血膿齊迸。旋延皮膚專家察診，諭轉私立醫院。醫生一看，「呀」地叫了一聲，說：「是蜂窩組織炎！種痘怎會種在上五寸下半寸痛位？情況可嚴重，立刻開刀。否則——演變成壞死性筋膜炎，便要截肢，甚或死亡。」嚇得我骨骨抖。於是開刀放血、去膿。手術後，一月之內，每天要返院清洗有如無底深洞的傷口。九十餘的老太太痛得哇哇叫救命，女傭膽怯暈厥，女護皺柳眉，我心痛如絞。黃台之瓜，何堪再摘！可這又如何？難道升斗小民膽敢尋問東區醫院大夫、護士，醫管局眾大老爺乎？

知堂曰「壽則多辱」

滿院是老人，有男有女，走路一拐拐的；坐輪椅的；老態龍鍾的；垂頭喪氣的，不一而足，一句話，盡皆可憐相。我夾雜其中，成了他們的成員，同病相憐，所談皆病。「我有三高，要吃藥方能保持，唉！」年過八旬的老頭對我嘆苦經，旁邊的老太太是他夫人吧！搭上一句：「好麻煩，近來又犯失禁，要命！」咦！豈非隨身要備紙尿片？老太太吁口氣：「是呀！先生，你看——」指指放在一旁的綠色膠袋，裏面整齊地疊着尿片。不由想起老朋友多年前接受前列腺手術後，每日要換五六塊的苦況，冷汗直冒。這時，對面走過來一個老翁，站在我面前，搓着雙手道：「要死！血糖又高了，醫生說這樣下去，會引起併發症，咋辦？」看得出他很留戀性命，冀求壽長。可壽長真的好嗎？且聽九十四年前，知堂老人怎樣說吧——「兼好法師是一個日本的和尚，生在十四世紀前半，正當中國元朝，作有一部隨筆名《徒然草》，其中有一章云：『在不能常住的世間，活到老丑，有什麼意思？壽則多辱。』這位老法師雖是說着佛老的常談，卻是實在了解生活法的。」我最喜歡說話裏頭的那句「壽則多辱」，輒在文章中引用，一直以為是老人喜用語，想不到日本亦早有此念，可見日本人在中國元朝時已參透生死，不求長壽，不像咱們禮佛問道，採陰補陽，求的非是真理而是長生不老，愚昧得實在可恨。

醫學發達，今人命長於古人。我過去一直有個觀念：古人多長壽。近日翻查資料，方知已謬。壽逾六十者不多，故有言云——「人生七十古來稀」。今之七十僅是中年，非得要八十才能稱老，誠賞心樂事！可事實並不如此，文章開頭的實錄，大抵已揭示真相，壽長體健，當然好；壽長身弱，日夕與藥物為伍，何樂之有？近年日本不少學者發表文章，要求「生命自主」，並提出疑問云：「最先進的醫療是救命？還是延長痛苦？」這裏頭有一位人所共知的名家久坂部羊，醫師兼作家，所著小說《惡醫》，膾炙人口，小說舉出一個切實問題──「對病人宣告放棄治療的，就是惡醫？」中國人恆常觀念就是「醫生救命，病危豈可不救？」小時多病，母親帶我看醫生，一針解苦，遂認定醫生為萬能之神。然而到了今日，不少病症，醫生束手無策，像那世紀絕症Cancer，哪個醫生敢說有把握治好？打開紀錄，治不來的比治癒的要多。久坂部在居家醫療專業診所服務，支援臥床不起的老人或癌症末期患者，每日都要面對將要失掉生命的病人，看到他們跟病魔搏鬥，力竭聲嘶地喊痛，感同身受，因而對長壽定義有着不同的看法：「媒體不是常把『日本人平均壽命居世界之冠』這件事，當作好消息報導嗎？如果有超過九十歲的高齡者手術成功了，就會大讚醫學的進步。但是，老人家是否該承受手術的痛苦，這個問題卻沒有任何人提及。因為大家總認為，只要能多活一年就有價值了。但事實上，很多長壽的高齡者都活得很痛苦，每個人在年輕時都想要長命百歲，一旦真的命變長了，很多人會感嘆：『不應該是這樣子啊！』」這正跟知堂老人的「壽則多辱」相吻合。內子患末期食道癌，免她受苦，從醫議，做「胃造口」手術，結果，痛苦更增。久坂部醫師經過跟病人生死與共的體驗後，感慨地說出了看法：「在平均壽命還很短的時候，長壽的確是值得慶幸的，然而如今多數人理所當然地追求長壽之後，弊害也隨之出現，因長壽而受苦的人這麼多，如果我們還是用以前的價值觀，一味強調『長壽真好』，我想那已經不符合時代了。」不得不佩服知堂，他在九十四年前已參透這個道理了。今人冥頑不靈，仍在追求長壽。即求得東坡的「千梳冷快肌骨醒，見露氣人霜逢根。」又如何？徒招辱耳。

追逐上海舊夢

前輩任伯撰述有關香港舞廳源流，資料翔實，彌足珍貴。任伯說香港最早的舞廳，大抵開設於上世紀四十年代石塘咀，第一家曰「金陵舞廳」，第二家為「廣州舞廳」。兩家舞廳，望衡對宇，各展氣派，相互競爭，都是當年巨賈富商、白頭名士、走馬王孫消遣的場所。據云這兩家舞廳皆從夜上海舊制，舞客進場要買舞票，方可請舞小姐跳舞。紳士鞠躬，小姐淺笑，遞玉手任由舞客牽引至舞池，翩翩起舞。舊日上海灘有三大舞廳，分別是：（一）百樂門。（二）大都會。（三）仙樂斯。（此舞廳先父是股東之一，大老闆朱仁山，就是上海灘響噹噹，斧頭幫幫主「小山東」）。這三家舞廳，規模恢宏，氣派不凡，有古木參天，時花匝地者；亦有地滑凝脂，柱瑩玉石者，也有畫棟雕樑，氣度恢宏者，互顯異采，於是：鏡檻回花，銀燈瀉月，地布明湖，堂皇典麗，裙屐之盛，得未曾有。每當華燈初上，各方舞客，蜂擁而至，繁燈似水，星月迷濛，衣香鬢影，歌舞昇平。男女薄醉翩躚起舞，展舄交錯，各取所需，明日之憂，早拋腦後。

四九年，大陸變色，時移物換，十年舊夢，依約上海，一片歡場，鞠為茂草，紅牙碧串，妙舞清歌，不可得聞。上海商賈豪客、舞國名花，紛紛南下，聚居港島市西石塘咀，腰纏萬貫，無處消遣，煩惱至甚。為向恩客提供消遣場所，有人效法上海，在石塘咀創設上海式舞廳。任伯憶及「廣州」、「金陵」兩家，卻漏了一家「仙樂」舞廳。「仙樂」舞廳是正宗上海式舞廳，四九年營業，老闆是上海舞業大王，我母親是其中一個股東。在我家的照像簿子上，還有一幀當年「仙樂」舞廳開幕剪綵的照片，母親穿了襲黑色滾花緞子長旗袍，笑靨盈盈，腰肢纖細，不盈一掬，端是古典美人。說出來沒人知道，「小雲雀」、不了情歌后顧媚初出道時，曾鬻過於此，問伊當日情況？答以「我那時年紀輕，唱完歌便走，不大清楚。」五十年代後，港人分布情況起變化，漸由石塘咀東移，中環成為商業薈萃之區，而舞廳亦遷至灣畔，塘西再無花影。

多倫路上

去上海，愛文化的雅人，不能不遊多倫路，未可免俗，隨友小白和周大哥同往觀覽。從所住酒店出發，費時二十分鐘餘。多倫路位於虹口區，原名寶樂安路，闢於清光緒年間，四三年汪精衛政府接管上海公共租界，改名多倫路，起、終都在四川北路上。三十年代，這裏有一家名聞全國的內山書店，日本店主內山完造是其時棲於附近魯迅先生的摯友，魯迅閒時會去小坐，打打牙祭，見見年青朋友，聊文藝，談政治。內山完造欽敬魯迅，割價售書，代訂各式外國書物，而且還做起中日文化橋樑，介紹不少日本學者、作家與魯迅相識。書一到手，即差店員送周府：「先生等着要看哪！」怕魯迅貧於營養，做好菜用碗盛着送去。九八年我到山陰路魯迅故居參觀，見小飯廳的掛牆櫥櫃裏，散擺着不少顏色斑斕大小飯碗，感到詫異。女嚮導從旁解釋：「這是內山君送飯菜來留下的，先生就自用了。」可見節儉。二七年魯迅初抵上海，住在外灘附近的共和旅館，不旋踵遷入景雲里二十三號，三層石庫門樓房，坐北朝南，環境清幽。選址於此，主要是貪其方便，魯迅三弟建人就住在同里，鄰居還有葉聖陶，茅盾，都是文化界熟人，串門子方便，於是毫不猶豫便住了進來。

周大哥係上海文化界人士，下崗後，專心編纂，迷溺還珠樓主，窮多年之力編了樓主一本雜文集曰《自家》，贈我一冊，夜宿錦江捧誦，眼界大開。人人誇讚樓主的蜀山劍俠傳，仙氣充盈，玄幻莫測，孰知雜文尤精，說人述事，描景言情，戛戛乎有獨到之處。越二日，小白、周大哥引我往看多倫路，打路首走到路尾，一路古蹟叢立，白公館、陳家宅、良友軒、鴻德堂……以前都是名人居所。走走看看，不覺踱進舊日民國的花花世界。路過一家舊書店，門首一男二女在閒聊，入耳是刮拉鬆脆的上海閒話，動起鄉情，上前搭訕頭。中年婦人是老闆娘，夫藏書多，勻一些出來擺賣，便是書店的來由。生意好勿？愀然回說：「以前蠻好，現在勿靈光哩！要死哉！」現在的人，男女老幼都跌進手機世界，誰會看書，不看不買唄！老奶奶，八十多，笑呵呵，耳聰目靈，心明如鏡。我道：「日腳（生活）好過勿？」老奶奶呱啦啦，說話有如飯泡粥：「儂講好過嘛，當然好過三反五反，多少人命也反脫，作孽！現在只要儂手頭上有銅鈿——」掏出人民幣與我瞧：「啥物事都有得儂買，有得儂吃，哈哈，開心弗？」老奶奶瞇眼笑出花。我安慰，人民翻天了，國家強起來，好事呀！老奶奶話鋒別轉，講出一番話來：「先生，格是表面風光，上海人現在作興一句話，儂聽過勿？」搖搖頭，聞其詳。「硬件嶄得弗得了，軟件嘛，嘿嘿，一塌糊塗！」老奶奶悻悻然。咋辦？老奶奶直爽：「頂好你們香港人來教教而勒。」開啥玩笑，領導正在指導咱們哪！老奶奶怕我窘，轉口道：「講白相，領導少管一點，百姓好過一些，儂講對勿？」我苦笑。叨擾老奶奶久，總得意思意思，從架上撿出一本《明清傳奇》交到伊手上，笑容可掬，連聲稱謝。

出書店，周大哥由衷說：「老奶奶格閒話講出老百姓真心話，爾勒阿聽，天曉得，唉！」感慨繫之。路過一列銅像，有魯迅跟青年作家閒談，逸興遄飛，我於葉聖陶像前駐腳而觀，他的《稻草人》、《古代英雄的石像》是我兒時讀物，簡潔俐落，饒有寓意，攝像誌念。日當正午，飢腸轆轆，覓得一家滬菜館，點四式涼盆，炒鱔魚、清炒蝦仁等熱葷，伴以熱騰騰揚州麵，大快朵頤。飯後驅車浦東，隔江眺外灘。入眼黃浦江，水波不微揚，霑兄！何來「浪奔浪流，萬里滔滔江水永不休」？

跋

過去幾年，陸續出了一系列憶舊作品，整整四本之多。惟一八和一九年終止矣，改出第二種題目的書。朋友們牽掛，要我再出版同類系列新書，遂把一八年所寫文章蒐集成篇（其中《紙醉金迷的杜老誌》係新作，不曾刊於報端），告慰諸友。篝燈手校，不敢憚勞，檢視數遍，猶有未足，貿然付梓，唐突君子，其罪大焉。

春日誦張九齡《秋晚登樓望南江入始興郡路》，見有「思來江山外，望盡煙雲生」句，頓興黃壚之感，遂掇書名為《舊日煙雲》，以為紀念。美國黃錦江兄撥冗設計封面並題字，台灣蔡登山兄百忙中寫序，李志清兄賜贈肖像素描，厚誼隆情，一一叩謝！

庚子春夏之交疫症橫行日　西城記於隨緣軒

先生

書名：舊日煙雲

作　　者：沈西城
書名題簽：黃錦江
責任編輯：蒙　憲
封面設計：黃錦江／馬志恒
封面攝影：歐陽擇鄰
出　　版：銀匯有限公司
九龍彌敦道328號儉德大廈12樓H座
電　　話：(852) 2385 6125
傳　　真：(852) 2770 0583
電子郵箱：siyuan@netvigator.com
發　　行：香港聯合書刊物流有限公司
地　　址：香港新界大埔汀麗路36號中華商務印刷大廈3字樓
電　　話：(852) 2150 2100
傳　　真：(852) 2407 3062
版　　次：二〇二〇年七月初版
國際書號：978-988-78095-3-1
定　　價：港幣128元
承　　印：出版工房有限公司